KB106516

어리석은 사람들

✦목도의 기운

어리석은 사람들 · 목도의 기운

발행일	2023년 8월 4일

지은이	김재현		
펴낸이	손형국		
펴낸곳	(주)북랩		
편집인	선일영	편집	윤용민, 배진용, 김다빈, 김부경
디자인	이현수, 김민하, 김영주, 안유경, 신혜림	제작	박기성, 구성우, 변성주, 배상진
마케팅	김회란, 박진관		
출판등록	2004. 12. 1(제2012-000051호)		
주소	서울특별시 금천구 가산디지털 1로 168, 우림라이온스밸리 B동 B113~114호, C동 B101호		
홈페이지	www.book.co.kr		
전화번호	(02)2026-5777	팩스	(02)2026-5747

ISBN	979-11-6836-980-1 03810 (종이책)		979-11-6836-981-8 05810 (전자책)

울음을 찾아가는 여정에서 얻은 깨달음과 사랑의 이야기

김재현 지음

어리석은 사람들
✦목도의 기운

헤르만 헤세의 '데미안'을 연상시키는 **젊은 날의 의지와 희망의 메시지!**

 북랩

서문 ✦

독자님들께

　부디, 독자님들은 저의 이야기인, 어리석은 사람들이라는 작품을 읽으시면서 옳음에 대한 경로를 마음껏 만끽하시길 바랍니다. 제가 생각한 이 이야기는 옳음에 대한 진정성이며, 옳음의 미학입니다.

　도서관에서 하는 서양철학사 강의를 듣고 나서, 옳음에 대한 주제로 소설을 써보고 싶다는 생각이 들었습니다. 저는 네 가지 옳음에 대한 마음이 있다는 것을 직관할 수 있었고, 글을 쓰고자 하는 마음은 끓어오르는 작가의 피를 멈추지 못하게 하는 충동으로 이끌었습니다. 독자님들은 저의 이런 작가의 열정을 열렬하게 응원해주시며 글을 읽어 주시길 간곡히 부탁드립니다.

여기서 등장하는 우리의 주인공 송진모와 강지은이 편지를 주고 받으며 옳음에 대해서 고민하는 모습을 보고, 거기에 사랑의 이야기를 추가했으니, 옳음에 대한 이야기에, 로맨스가 있으니 이야기를 보는 데에는 감동이 더 있을 것입니다. 옳음에 대해서 처음에 겪게 되는 수동적인 우리의 모습은 이준수라는 인물로 표현하였는데, 동시에 주체성을 가지게 하는 인물이기도 합니다. 옳음이 우리에게 처음에는 수동적으로 들어오면서 우리의 머리에 자리 잡고 있고 우리가 고민하면서 주체성을 가지게 할 것입니다. 주체성은 그렇게 수동성을 뒤돌아보게 할 것입니다. 그리고 우리에게 주어진 옳음의 수동성은 고민으로써 해결할 수밖에 없다는 것을 보여줄 것입니다.

이야기에서 제일 마지막에 등장하는 인물인 유성철은 금서를 보는 인물로, 우리가 옳음을 보았을 때 옳음에 너무 매혹되어서 더 큰 옳음을 찾아가게 할 것입니다. 우리는 유성철을 보면서, 옳음에 대해서 우리의 영혼은 끊임없이 운동하고 더 큰 옳음을 찾아 나서는 여행을 떠나는 것을 보게 될 것입니다.

우리가 옳음에 대해서 보게 되는 네 가지의 모습으로 수동, 고민, 주체, 그리고 금서까지 가게 되는 경로를 각 인물로 세워서 옳음의 활동적인 모습을 문학적으로 표현한 것입니다.

앞에서 언급한 대로, 옳음에 대한 고민은 송진모와 강지은이 하게 될 것이며, 수동성과 주체성은 이준수로, 그리고 옳음에 대해서 금서까지 보게 되며, 옳음에 강렬하게 매혹되는 인물은 유성철이 하게 될 것입니다.

서문에서의 고백은 이 정도로 해야 할 것 같습니다. 너무 많은 이야기를 드러내면, 이야기의 재미가 떨어질 수 있으니, 이 정도로만 언급하는 것으로 하겠습니다.

부디, 독자님들은 제가 설정한 이 인물들이 소설에서 어떻게 움직이는 지를 보시며 옳음에 대한 저의 공상의 자유적인 표현을 마음 가득히 만끽해주셨으면 합니다.

P.S 두 번째 이야기는 송진모와 강지은이 결혼하고 나서의 이야기입니다.

2022년 10월 31일
소설가 김재현 드림

목차

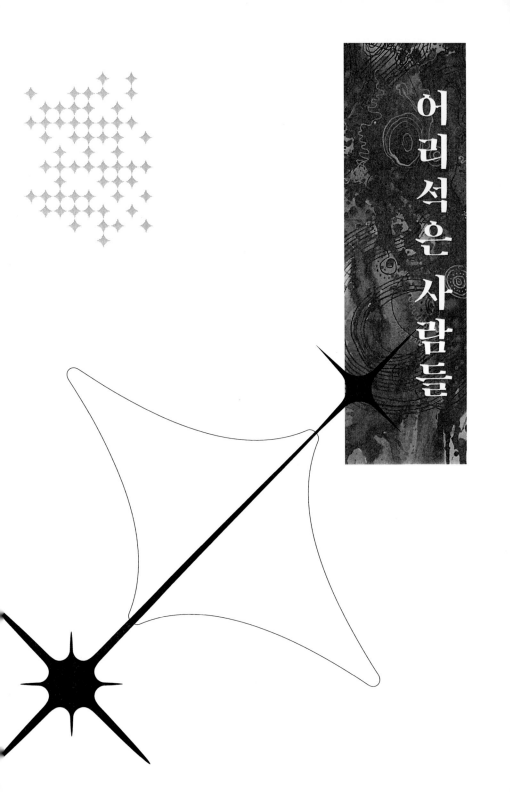

어리석은 사람들

제1부

집에 오면, 어두컴컴하다. 나에게 말을 걸어 주고 반갑게 웃어주면서 맞아주는 사람은 없다. 당연하다. 그렇지만, 나는 지금 이대로가 좋다. 어둠에서 혼자 있어 보는 것은 밝은 곳으로 가려는 의지를 본능적으로 가지게 되는 것이니까. 그것은 자신의 내부에 생각하는 것과 외부로 연결되는 통로에서의 일치를 갈망하는 마음일 것이다. 밝은 곳으로 가려는 의지, 그것은 내부의 세계와 외부 세계의 일치를 말하며 어둠에서 빛으로 나아가는 출구를 찾게 해주고 있다. 나는 어머니하고 같이 산다. 어머닌, 아버지하고는 오래전에 이혼하셨지만, 그래도 내가 성인이 되어서 이혼하셔서 나는 슬픔보다는 부모님의 삶을 이해하는 면이 앞섰다. 한데, 지금 어머니는 외할머니가 편찮으셔서 시골로 가셨다. 그래서 지금은 혼자다. 그렇다고 내가 사는 곳이 도시라고 말할 수는 없을 것이다. 아마 변두리라고 해야 할 것 같다. 그렇다고 막 시골도 아니니까. 이곳도 나름대로 마트도 있고, 당구장도 있고, 차를 타고 조금 나가면 볼링장도 있다. 물론, PC방도 있다.

나에겐 친한 친구가 한 명 있다. 그의 이름은 이준수다. 준수하고 나는 참 오래된 친구다. 그하고는 어릴 때, 같이 자전거를 타면서 놀았다. 자전거를 타고 주변을 한 바퀴 돌고 나면 우리는 꼭 라면을 한 그릇씩 사 먹고는 했었다. 그 라면 맛은 정말 잊히지 않을 정도로 맛있었다. 하루는 준수가 라면값을 내기도 했고, 다음번에는 내가 사기도 했다. 특히나 짜장범벅 컵라면은 물을 빼고 먹으라고, 준수는 나에게 먹는 법을 알려주기도 했다. 준수는 항상 나를 챙겨주었다.

어느 날, 내가 자전거를 타다가 그만 넘어진 적이 있었다. 준수는 자신의 자전거를 타고서는 내 앞에서 내렸다. 그러더니만, 나에게 다급하게 말했다. "어디 다친 곳은 없지? 조심해야지." 그는 자전거를 이곳저곳 살펴보기도 하면서 체인이 혹시 빠진 것은 아닌지, 자전거 바퀴가 고장난 것은 아닌지 확인하는 것 같았다. 나는 일어섰지만, 무릎이 조금 까졌다. 그는 나보다 모든 것에 대해서 항상 많이 아는 것 같았다. 나는 그가 아는 것보다는 덜 알고 있는 것 같은 느낌이 들었다. 사실 나는 뭔가를 알고 있는 문제들 같기도 한데, 그가 뭔가를 먼저 제시하니까, 나는 모르는 사람처럼 느껴졌다. 그것은 내가 알고 있다는 것에 대해서 회의감을 들게 하기에 충분했다. 그리고 그 일로, 나는 아는 것에 대해서 사람들 앞에서 발설하는 것 자체에 스스로 틀릴까 봐 걱정하게 된다는 사실이었다. 그래서 나는 알고 있으면서도 말하지 않게 되는 버릇도 가지게 되었다.

준수는 나하고 고등학교를 같은 학교로 가게 되었는데, 반도 같은 반으로 되었다. 준수는 늘 나를 챙겨주었고, 그가 있음으로 인해서, 나는 항상 모르는 사람처럼 그의 말을 듣고 따르게 되었다. 나는 그렇게 나 스스로를 가두어 두었는지도 모르겠다. 꿀 먹은 벙어리처럼 있어도 준수가 다 챙겨주니까. 나는 그렇게 준수를 의지하고 있었는지도 모른다. 게다가 나는 나 자신을 숨기고 싶다는 생각도 들기도 했다.

나 자신을 숨기면서도 다른 사람이 되어보면 어떨까? 라는 생각도 말이다. 지금보다는 더욱 사람들끼리는 편하게 생각하지 않을까 싶다. 자신이 누구라고 말하는 순간, 소통의 장애가 생긴다. 예를 들면, 경찰이라면, 범죄자들끼리 하는 말을 쓰면 안 된다는 것이다. 또는, 누군가가 선생님이라면, 학생들끼리 하는 말들을 하면 안 된다는 것이다. 회사에서 일을 한다고 해도 사장이나 직장 상사에게 부하직원들끼리의 대화가 전해지지는 않는다. 그렇다. 자신의 직업을 말하는 순간, 하는 일이 뭐라고 말하는 순간, 해야 할 말들은 이미 정해져 있다는 것이다. 우리는 그에 맞춰서 조심스럽게 대화해야 한다. 자칫 잘못하다가는 눈치 없다는 소리도 듣게 되고,

비위를 맞추지 못하는 사람으로 여기게 되어서 사람들에게 소외당하기 쉽다. 그래서 사람들은 항상 눈치가 좋아야 한다는 말을 하는 것 같다.

나는 준수하고 있으면서 준수가 없어도 나는 스스로가 잘 할 수 있을까? 라는 의문을 가지게 되기도 했다. 그리고, 나는 나 자신에게 앎을 이야기하는 것도 용기가 필요하다는 생각이 들었다. 내가 정말 옳다는 것을 알고 있어도, 상황이 주어졌을 때, 정말 말할 수 있는 그런 용기 말이다. 그렇다. 나는 나의 용기도 결핍되어 있다는 것을 알았다. 나 스스로가 두려움을 찾아가고 있다는 사실을 말이다. 그래서 나 자신이 가지고 있는 지식이 맞다는 것도 사람들 앞에서 드러내는 것이 힘들었다. 특히나 사람들 앞에서 내가 아는 것을 드러냈을 때 옳음이어야 한다. 반드시 옳음이어야 한다. 상대방은 나를 옳음이 아닐 때, 경멸하고 나를 무시하고 나를 보잘것없는 사람이라고 여길 것이라는 것이다. 그리고 그것에 사람의 명예가 달려있다고 나 스스로에 대해서 지나치게 암시를 걸고 있었다.

학교에서 누군가가 나를 험담하고 다녀도 나는 그런 상황을 보고도 나설 수는 없었다. 아니, 그것은 누구나가 다 마찬가지일 것이다. 누군가가 모여서 험담하는 모습을 귀로 들었다 하더라도 그 자리에 끼어들어서 "왜 내 욕을 하세요?" "당신은 그런 말은 안 들리게 뒤에서 해야지!"라고 말하는 사람은 아마 없을 것이다.

"재 좀 봐. 항상 준수하고 같이 다니는 애. 말도 없고, 무슨 생각을 하는지 모르겠어."

"그러게, 준수는 안 그러던데, 송진모인가 애는 왜 저런 다냐?"

"친구끼리도 너무 달라"

나는 이런 소리도 꽤 많이 들었다. 그래서 지금은 아무렇지도 않다. 아니, 어쩌면 아무렇지 않게 생각하고 있는 건지도 모르겠다. 그래도 나에겐 잘하는 것이 하나 있다. 그것은 바로 나 자신이 조금 더 남을 위해 희생하는 것이다. 사람들은 그것을 봉사정신이라고 부른다고 했다. 그렇게 남을 위해 희생하다 보면 남도 나를 좋아하겠지. 라고 생각하는 것이다. 학교에서도 나는 우리반 학생들을 위해 조금 더 희생하며 살아왔다. 물론, 준수는 그런 나를 보고는 바보 같다고도 했다. 왜 그렇게 희생하면서 사는 거냐고 했다. 그렇지만, 나에게 들리는 안 좋은 소리들 때문이라도 조금 더 희생을 하면서 살게 되었다. 한데, 사람들은 그렇게 나에게 도움을 받더라도, 나의 희생에 대해서 고마움을 느끼는 것 같지는 않았다. 어쩌면, 내가 표현하는 법을 모르는 것을 알고 있어서, 그러는 것 같다는 생각도 들었다. 그래서 오히려, 더욱 나에게 희생을 강요하는 것 같았고, 도움을 받는 것을 당연하다고 여기는 것처럼 느껴졌다. 결국, 모든 것은 나에게 죄를 뒤집어씌우는 것 같은 느낌도 들었다. 아니, 여기에 있는 사람들은 그런 것에 익숙해져 있었던 것 같았다. 내가 먼저 미안하다는 말을 먼저 하니까. 그래서 더욱 나를 궁지에 몰고 싶은 건지. 당연히 사과를 받아야 한다고 여기는 것인지. 나의 지나친 배려가 부른 죄라고 생각도 했었다.

지나친 배려…… 아니, 나에게는 어느덧 지나친 죄의식이 자리 잡고 있다는 것을 알게 되었다. 그것은 배려가 아니라 지나치고도 당연스럽게 받아들이는 죄의식이었다는 것을 말이다. 그리고 나는 거기에서 벗어날 수가 없었다. 친구들과 대화할 때도, 소통의 깊은 장애가 있었던 부분도 결국에는 나 스스로 가지고 있던 지나친 죄의식이었다는 것이다. 그럴 때마다 나는 스스로에게 내가 왜 이런 늪에 빠졌을까? 나는 왜 이렇게 늪에 빠져 허우적거리고 있어야 하는지. 누가 날 구해줄 수는 없는 걸까? 차라리 이기적으로 나만이 중요하다고 생각하고 행동했다면, 그랬다면 차라리 나았을까? 등 나를 자책하는 수많은 소리를 내 안에서 만들어내고는 했다. 물론, 준수가 나를 도와줄 때도 있지만, 준수도 항상 매시간에 나를 도와줄 수는 없는 것이었다.

나는 고등학교 때, 나를 다르게 바꾸려고 노력해보려고도 했지만, 달라지는 게 없다는 것을 알게 되었다. 그것은 사람들이 이미 나에 대해서 생각하고 있는 것이 있어서였다. 그랬다. 나는 결국에는 남의 탓을 할 뿐이라고 여길 뿐이라고 거세게 비난할 수도 있겠지만 나는 그래도 할 말은 해야겠다. 나는 달라지려고 해도, 이미 남이 나를 생각하는 바가 있고, 나는 거기에 맞추어서 춤을 추고 있을 뿐이었다고 말하고 싶다. 그것은 고등학교 3년 내내 바뀌지 않았다고 봐야 했다. 고등학교 3년이라는 시간이 내가 생각하기에 비극적인 부분이 있다면 그것은 만나는 사람들만 계속 만나야 한다는 것이다. 물론, 서울의 학교는 학년이 올라갈 때마다 친구들이 바뀌겠지만, 시골에 있는 학교나 변두리에 있는 학교 즉, 인구가 없는 곳에서는 항상 같은 사람들과 3년이라는 시간을 동일하게 보내야 했다. 3년이라는 시간은 나를 어떤 사람이라고 고정적으로 만들어주기에 충분했다. 아니, 달라지려고 해도 주변에 사람들이 나를 그렇게 만들었다. 나도 나 나름대로 달라지고 싶어도 노력한 적도 있지만, 별로 소용없는 행동이었다.

　나는 그리고 대학에 갔다. 대학은 준수하고는 다른 곳으로 가게 되었다. 준수가 없어서 대학 생활에서 걱정이 앞서기도 했다. 나의 대변인은 이준수인데, 그가 없으니, 마음에서 다가오는 불안을 어쩔 수가 없었다. 한데, 마음 한구석에는 나를 이번 기회에 시험해 보고 싶다고 생각하기도 했다. 준수가 없다면, 아니 없어도 나는 나 스스로 표현을 할 때 어떻게 더 잘 대처할 수 있을까? 하는 의문이 들었다. 근데, 대학 생활 동안에 나는 솔직히 말해서 그다지 나 자신을 표현하지는 못했다. 고등학교 3년이라는 시간 동안 내 안에 자리 잡고 있던 '안다는 것'을 내가 알고 있으니 정확히 얘기하려는 표현력의 문제는 대학 생활에서도 나를 괴롭혔다. 하지만 나는 사람을 만날 때, 조금은 더 유머 있게 말하는 법을 익혀 나가려고 했다. 그것은 내가 옳음을 군이 얘기하지 않아도 사람들과 친화력이 생기게 하는 것 같은 느낌을 주었다. 한데, 그것도 지나치게 웃기려고 하는 유머로 나아가면, 사람들은 나를 쉽게 생각하고, 무시하는 것 같았다. 나는 대학 생활을 하다가 그만 중도에 자퇴를 해버렸다. 대학을 나와 봐야 할 것이 없을 것 같았고, 시간을 너무 버리는 것 같다는 생각이 들었다. 대학 생활에서 나는 나 스스로가 책임을 져야 하는 문제들이 많다는 것을 알게 되었다. 고등학교 때까지는 공동체라는 느낌이 강하게 드는 부분들에서 나를 수동적으로 만들었고 다름을 인정하기보다는 다름을 부정해야 한다고 생각하게 만드는 것 같았다. 같은 교복을 입고 행동하고, 체육복도 같은 체육복을 입고 행동해야 해서 그런 느낌을 주는 것 같기도 했다. 그것은 단체적으로 긍정하는 것이 있다면 그것에 맹목적으로 따라야 한다는 느낌을 주는 것이었다. 대학 생활은 더 개인적이고 능동적이며 자유롭게 행동할 수 있는 기회를 더 많이 주는 느낌이 들었다. 물론, 자신이 원한다면 더 다양한 사람들을 만날 수도 있었다. 그것은 다름을 인정하면서 살라는 법을 20살 넘어서 배우라는 것 같았다. 그러니까, 고등학교까지는 공동체 문화를 추종하게 시키면서 수동성이 만들어지는데, 우리는 거기에 따를 수밖에 없는 것이었다. 한데, 20살이 넘어서는 다름을 인정하면서 살라는 것이었다. 적어도 내가 느끼기에는 그러했다. 개별성을 존중하는 법을 배우는 것은 20살 넘어서다. 20살 전까지는 공동체에 익숙해지는 법을 배우고 20살 넘어서는 개인의 자아가 존중되는 법을 배운다. 나는 20살이 넘어가서 술집도 자유롭게 드나들 수 있고, 많은 문화를 경험할 수도 있었다. 그러나 모든 것이 생소하고 낯설었다. 나를 어떤 사람이라고 생각해주는 사람들과 새로운 만남을 가질 때마다 나는 어떤 사람이라고 생각해주는 사람들은 더욱 다양해져만 갔다. 물론, 군대도 갔다 왔다. 군대 생활을 그다지 잘하지는 못했지만 말이다.

나는 직장 생활도 하다가 그만두었다. 나는 직장 생활을 더 잘하고 싶다는 생각이 들었고, 나중에 더 나은 직장 생활을 하기 위해서, 나 스스로를 조금 더 자세히 잡아 나가고 싶었다. 다른 사람이 되어 보는 것은 어떨까? 라는 생각도 들었다. 그러던 중에, 나는 내가 사는 곳 근처에서 '주민들이 만들어가는 연극'이라는 벽보에 붙은 포스터를 보았다. 그리고 나는 그곳에 연극을 하고 싶어서 신청을 하게 되었다.

연극을 하는 곳에 들어와 보니, 어디가 어디인지 분간을 하지 못했다. 나는 지나가는 사람에게 연극 신청하는 장소에 대해서 물었다. 물론, 이곳에는 연극 분장을 한 사람들이 보였다. 사람들은 나에게 연극을 할 거냐고 묻기도 했다. 나는 연극을 할 생각이 있다고 말했다. 그리고는 내 앞에 한 여인을 만나게 되었다. 나는 그녀가 연극하는 곳에 신청서를 내면서 그녀의 이름과 주소도 보게 되었다. 나는 그녀의 이름과 주소를 얼른 외워 버렸다. 그녀의 이름은 강지은이었다. 한데, 그녀는 이곳 사람들과도 잘 아는 것 같았다. 예전부터 연극 연습을 많이 했었나 보다. 나는 그녀에게 편지를 쓰고 싶다는 생각이 들었다. 무작정 말이다. 그런데, 무작정 편지를 쓰면 그녀는 어떤 반응을 보일까? 역시 편지를 쓰는 것은 무리가 있을 것 같다. 연극 연습을 같이 하면서 친해지고 나면 괜찮아질까?

연극을 연습하러 가는 날에 대본을 보게 되었다. 연극의 제목은 '박제의 사랑'이었다. 아니 박제라니, 박제 그러니까 감정 표현이 약하고 자신의 생각을 말하는 것에 미약한 사람이 하는 사랑이었다. 그는 자신의 감정 표현을 더 자유롭게 해줄 수 있는 사람을 찾게 되는데, 그게 바로 사랑이었다. 그가 사랑에 빠진 사람은 어느 귀족 가문의 여성으로 나온다. 박제인 주인공은 그녀를 만나서 어떤 이야기를 해야 할지, 고민을 하게 된다. 남성이 여성을 만나게 되어서 하는 대화부터 그리고 어떤 대화를 해야 자연스럽고 더 상대를 편하게 해줄지 등, 그런 것들을 고민하면서 고뇌하는 모습들이 그려진다. 다만, 박제인 주인공의 신분은 그다지 높지 않으며 공무원으로 일하는 하급 관료쯤 되는 것으로 보인다. 아마, 여주인공도 귀족 가문이라고는 하지만, 그다지 높은 귀족 가문은 아닌 것 같다.

　나는 대본을 보고 설명을 보았다. 물론, 오늘은 첫날이라서 그런지 그다지 할 것은 없었다. 내 옆에 앉아있는 지은도 설명만 듣고 있었다. 그녀는 설명을 들으면서도 나에게 무슨 할 말이 있는 것처럼 보였다. 쉬는 시간이 되었다. 그녀는 자신이 가지고 있는 대본을 읽다가 내 앞에 떨어뜨렸다. 나는 그 대본을 내가 주워 주지 않으면 안 될 것 같다는 생각이 들었다. 그래서 대본을 주워 주었다. 그리고는 말했다. "여기, 받으세요." 그녀는 나를 쳐다보더니만 "고맙습니다."라고 말했다. 나는 화장실에서 그녀의 주변 사람들로부터 들은 얘기들이 있었다. 그것은 그녀가 지금은 남자친구하고는 이별한 상태였고, 많이 힘들어하는 것 같다는 소리였다. 게다가 그녀는 그 남자친구를 전에 같이 연극을 연습하면서 만났다고 했다. 물론, 여기서 했던 연극은 아니었다. 그래서 이번에 연극 연습을 ○○에 신청하였던 거였다. 그리고 여기 있던 사람들과는 예전에 연극을 했던 곳에서 있을 때부터 알게 된 사람들도 있었고, 연극하는 장소가 다르더라도 얼굴은 다들 알고 인사는 하고 지내는 사람들도 있었다. 그러니까, 내가 사는 곳에는 연극하는 곳이 두 군데가 있다. 그중에서 지금 다른 곳을 신청한 것이다.

그녀는 나를 보더니만 물어보았다.

"왜 연극 연습을 신청하셨나요?"

"네, 절 더 잘 표현하고 싶어서요. 갈증이 나서요. 저 자신이 원래 누구라고 생각한 적은 없지만, 적어도 이렇게 말하고 나서는 내 안에 목소리가 지금을 허용할 수 없다고 말하니까요. 그게 너무 혐오스럽기도 하고요. 주어진 상황과 나를 나타내는 모든 것들로부터 더욱더 엄격하고 아름다운 조화를 이루고 싶어서요."

나는 솔직하게 내 생각을 얘기했다. 그리고 난 더 이야기를 하고 싶었다. 한데, 연극을 준비해주시는 관계자 선생님께서 들어오셨다. "오늘은 첫날이니까, 서로 간에 편지를 주고받는 시간을 가지겠어요. 앞으로 같이 연극 연습도 해야 하니까, 서로에게 편지를 쓰는 시간으로 더욱 가까워지는 계기가 되었으면 좋겠어요." 선생님께서 이야기하시는 걸로 연극을 하러 온 모든 사람은 서로 편지를 쓰게 되었다. 물론, 옆자리에 앉아 있는 사람하고만 말이다. 나는 지은에게 편지를 썼다. 그렇게 지은하고 나의 편지는 시작되었다. 물론, 나는 이번 일의 계기로 그녀하고 계속 편지를 주고받게 되었다.

친애하는 송진모 씨에게

진모 씨, 안녕하세요.

그동안 어떻게 지내셨나요? 저는 우리 모임이 더 나은 대화의 시간이 필요하다고 느꼈어요. 특히나 사람과 사람의 만남은 필요에 의해서 정해지니까요. 우리 같이 연극하는 곳에서 만나며 서로의 분위기에 익숙해가며 발을 바꿔가며 스텝을 맞추다 보면 술을 마시지 않아도 취한 것처럼 느껴질 때가 많으니까요. 저는 진모 씨 외에도 다른 사람들을 만나기도 했었죠. 그럴 때마다 진모 씨의 눈빛은 마치 질투한 사람처럼 바라보는 것 같아요. 제가 다른 남성과 춤을 추고 있을 때면 왜 그 눈빛은 항상 따사로운 가을 햇살처럼 저를 비추는 것 같고, 그럴 때마다 제 심장 한구석에서 밀려오는 죄책감은 무엇으로 갚아야 할지라는 생각이 드니까요.

하지만 진모 씨를 생각하면 이상하게 이런 생각이 들어요. 저에게 얘기할 때는 다른 사람보다 더 나은 대답을 하고 싶어 한다는 것도, 그리고 이상하게 그 대답에는 진모 씨가 저에게 너무나 잘 보이고 싶어 한다는 느낌이 든다는 거예요. 거기에 있는 사람들을 의도적으로 비난하고 싶어서 하는 말인지 모르겠지만, 때로는 그런 말들이 조금은 거북스럽게 들리네요. 그럴 때가 되면 저는 계속 혼란 속에 빠지게 돼요.

진모 씨는 어떨 때가 가장 행복하신가요? 행복에 정해진 기준은 없는 것 같습니다만 그저 저는 여자로서 한 남자에게 진실한 사랑을 받을 수 있다면 이 세상에서 가장 행복한 여자라고 자부할 수 있겠어요. 사실, 진모 씨가 저에게 친절하게 이야기해 주신 덕분에 저도 연극모임에서 활동이 익숙해질 수 있었고, 주변 사람들에게 저의 입장을 얘기하는 데 도움이 많이 되었어요.

요즘같이 인터넷이 발달하였는데, 이렇게 손으로 직접 쓴 편지를 써주시다니, 아날로그적인 사고방식을 아직도 가지고 있으신가 봐요. 진모 씨의 모습이 더 잘 떠오르는 것 같아요. 하긴, 인터넷의 발전으로 뜨겁게 타오르는 낭만이 시들어진 것 같긴 해요. 이렇게 서로 편지를 주고받는 사람은 저와 진모 씨뿐일 테니까요.

2022년 3월 7일
나의 친구 강지은 씨

저는 항상 지은 씨가 답장을 해주는 것만으로 행복합니다. 언제나 감사하게 생각하고 있어요. 저 같은 사람에게 편지를 써주시다니요. 저는 편지를 쓸 때마다 답장이 안 오지는 않을까 항상 괴로웠어요. 전 우수로 가득 채운 제 가슴속을 들여다볼 때면 몸이 떨리기도 하고, 다가오는 두려움이 저의 그림자를 집어삼키고, 잠자리를 훼방 놓는 불안감에 눈을 감고 잠을 자게 되면 내일을 보지 못하게 한다는 느낌이 들 정도로 지은 씨의 답장을 기다린답니다.

나의 친구 강지은 씨, 지은 씨가 있어서 오늘도 살아가는 데 큰 도움을 얻습니다. 사람들은 편지를 쓰는 기쁨을 잃어버렸어요. 과학이 주는 편리함에 즉흥적으로 살아가면서 만남을 소중하게 여기는 법을 잃어버렸다는 생각이 듭니다. 어차피 요즘은 핸드폰도 있어서, 필요할 때가 되면 언제든지 전화로 소통할 수 있으니까요. 그렇게 소중함은 성냥불이 꺼지듯이 사라지고 있겠죠. 사람을 만난다는 건 정말 신기한 거예요. 사람을 만난다는 건 말이에요. 내 앞에 누군가가 있고 그 사람과 소통하고 있을 때면 지금 살아있는 순간들에 대해서도 다시 한번 생각하게 되거든요. 시간을 함께 보냄으로써 같은 공간에서 코로 운동하여 호흡하고 심장이 운동하며 뛴다는 것은 살아있다는 순간을 만끽한다는 것 그 자체니까요.

지은 씨의 편지를 보며, 제가 너무 부끄럽게 생각되었어요. 제가 많이 부담스러웠죠? 지은 씨랑 깊은 얘기를 많이 하게 되었다는 걸로 제가 더 신경을 많이 쓴 거로 생각해 주었으면 해요. 앞으론 저도 주의를 하겠습니다.

지은 씨가 행복에 대해서 얘기하셨나요? 저는 감정이란 조절할 수 없는 거로 생각해요. 사람들은 다들 마음이 있는데, 누군가 만나고 있는 그러니까 사귀는 사람이 있다면 그 사람에게는 마음을 숨기곤 하죠. 저는 그런 것을 목격할 때마다 사람들은 진심을 외면하며 사는구나라고 생각했어요. 그렇다면 감정은 이미 계산이 되어있는 거네요. 사람들은 참 이상해요. 감정은 계산되어 있는 것이 아니라 느끼는 거라는데, 누군가의 사람이 되었다고 생각하면 그 사람에게 정을 주지 않으려고 하니까요. 저는 사실 사람 마음을 잘 볼 수 있다고 생각하거든요. 제 옆집에 사는 저의 친구, 준수가 저와 사랑에 대해서 깊은 대화를 할 때면, 저는 독특하다고 합니다. 제가 준수에게 무슨 말을 하든지 간에 말이에요. 근데, 생각해 보면 말이죠. 골키퍼가 있다고 골이 안 들어가는 것도 아니라는 이상한 희망 고문 같은 이야기는 사회적

어
리
석
은

사
람
들

으로 모르는 사람이 없을 정도라고 하네요. 준수는 이야기해요. 그런 말 같지도 않은 소리는 믿지 말라고요. 그저 보편적인 곳에 감정을 주는 연습을 하면서 감정 공부를 하는 것이 낫더라는 겁니다. 저는 그러면 이런 반론을 하게 돼요. 정말 다 보편적이라면, 로맨스는 대체 무엇인지요? 뭐 예를 들면, 요한 볼프강 폰 괴테가 쓴 "젊은 베르테르의 슬픔"처럼 베르테르가 자살한 것 같은 그런 사랑이 로맨스가 아닌지요?

여성들이 말하는 로맨스는 전부 특수성을 염두에 두고 하는 얘기잖아요. 로맨스가 어떻게 보편적일 수가 있겠어요? 그런데, 여성들도 보편적인 감정에 따르고 있으니, 여성들이 말하는 로맨스도 결국에는 일어나지 않는 특수한 일일 테고, 특수한 일에는 이미 이성이 간섭하여 감정 자체를 부정적으로 생각하게끔 충분히 이끌게 될 텐데요. 결국에는 로맨스의 특수성은 비극으로 이어진다는 결론이 나오네요. 그런가요? 남성이 여성에게 주는 로맨스는 결국 전부 비극인 경우가 허다하다는 말이에요.

지은 씨는 제가 말하는 것에 동의하시나요? 가령, 사랑을 받기만 한 사람이 있는데, 주기만 한 사람을 심판한다는 것도 이해가 되시나요? 한데, 사랑을 받기만 한 사람은 주기만 한 사람을 항상 시험하고 심판한다는 규칙이 엄연히 존재한다고 봅니다. 그래야 받기만 한 사람은 수치심을 느끼지 않을 테니까요.

사랑을 받기만 한 사람은 이미 수치심에 빠지게 되거든요. 아니 어쩌면, 자신은 왜 항상 사랑을 받아야 하는지, 아니 왜 계속 상대방은 사랑을 주는지에 대해서도 이해하지 못하면서, 사랑을 받는 사람은 사랑을 주는 사람이 굴욕적인 상황을 만나도 사랑을 준다는 것 자체가 경멸스럽고 견딜 수가 없는 거예요. 사랑을 받기만 한 사람은 이미 부정적인 감정에 휩싸여서 자신이 어디에서 분노하고 있는지조차 모르니까요.

지은 씨, 저는 며칠 전에 화분에 물을 주었습니다. 어떤 식물은 한 달에 한 번만 물을 주더라도 살 수 있습니다. 한데, 어떤 식물은 2주에 한 번은 물을 주라고 합니다. 식물은 그렇게 물을 먹으면서 커지고 자라나요. 그런데, 이 식물은 어떤 사람은 잘 키우지도 못하고 죽게 되고, 어떤 사람은 너무나 잘 키운다는 겁니다. 화분도 사람이 신경을 써 주어야 생명을 유지할 수 있다는 거죠. 제가 말하는 화분은 어떤가요? 정말 받기만 하는 사랑으로 살아가는 식물이잖아요. 한데, 이 식물도 주기만 하는 사람을 심판한단 말입니다. 왜 물을 주지 않았느냐고 말이에요. 혹은, 물을 너무 많이 주었다고 말이에요. 그래서 물을 안 주거나, 너무 많이 주면 죽어버리거든요. 화분이 말입니다. 저는 여기에서 화분에 물을 주는 일도 로맨스의 시작이라고 말하고 싶습니다. 저는 오늘도 화분에 물을 주었습니다. 죽지 않을 정도로 적당량을 말이에요.

어리석은 사람들

3월 11일

나의 친구, 진모 씨

진모 씨의 말을 듣다 보면, 저는 항상 저의 가슴 깊은 곳을 쿡쿡 찔린다는 느낌이 들어요. 만남을 소중하게 여기는 진모 씨, 진모 씨의 말 한마디 한마디 적혀있는 편지를 볼 때면 제가 만남에서 소홀하게 상대방을 대하지는 않았는지 생각하게 되네요. 저도 심장은 있지만, 작은 일로는 심장이 뛴다는 것을 느끼지 못하거든요. 핸드폰으로 연락은 언제든지 할 수 있으니까요. 그렇게 연락이 된다는 것에 심장이 뛰는 사람은 별로 없겠죠.

화분이라니, 정말 경이롭고 놀라워요. 진모 씨가 식물을 키운다니 의외라고 생각되네요. 화분의 식물이 성장하는 것은 주기만 한 사랑의 결실이라고 봐야 하나요? 하지만, 화분은 아무 말도 하지 못해요.

진모 씨의 마음은 너무 뜨거운 것 같아요. 연극 모임에서도 너무 열정적으로 모임에 임하시는 것 같아서요. 그런데, 뭔가 조심스러운 모습들이 보여요. 제가 전에 한 이야기 때문인지요. 그래요. 지금은 예전만큼이나 자신이 아는 부분을 남을 비난하며 드러내지는 않으세요. 냉소적으로 객관적인 입장을 유지하려고 하는 모습들이 눈에 들어오네요. 그래요. 사람들은 항상 누굴 좋아한다면, 그런 모습들을 보여주려고 해서 상대방은 먼저 실망을 하게 되나 봐요. 그래서 누굴 좋아하게 되면 서툴러져요. 상대방을 배려하는 모습도 사라지기도 하죠. 이제는 그런 모습이 보이지 않아서 보기가 좋아요.

3월 15일

친애하는 강지은 씨

지은 씨의 편지를 보면, 하루가 달라지는 것 같아요. 글은 마음속에 있는 깊은 이야기들을 끌어내는 힘이 있고, 소통에서 부족한 부분을 메워 줍니다. 우리는 말할 때, 그저 생각나는 대로 이야기하지만, 편지는 생각하면서 쓸 수 있으니까요.

지은 씨는 무슨 일을 하시는 거죠? 제가 듣기로는 도서관 사서 일을 하시는 것 같던데요. 저는 지금은 회사를 그만두었고, 직장을 구하려고 생각하고 있어요. 저에게도 예전에 꿈은 있었는데, 꿈이라는 게 그게 참 이루어지기가 어렵습니다. 꿈을 이루려면 혼자서 뭔가를 계속해야 하는데, 혼자서 뭔가를 계속하는 것이 너무 외롭고 지치고 힘이 들어서요. 전 혼자서 뭔가를 계속한다는 것은 상상도 할 수가 없었어요. 전 누군가와 같이 있는 것이 즐거워요. 그러면 제가 살아있다는 것을 느낄 수 있으니까요. 아마도, 저의 존재의 이유를 저로부터 묻는 것에 대한 시도가 낯설기만 한가 봐요.

지은 씨, 저번에 연극 모임에서 유난히 저를 조금 피하시는 것 같던데, 아닌가요? 편지를 주고받다 가도 직접 연극 모임에

서 만나게 되면 저를 반갑게 생각해주시지는 않으신 것 같아
서요. 저랑 편지를 주고받지만 실제로 만나면 우린 편지 얘기
는 하지는 않고 있으니까요. 그런데, 이런 만남이 존재한다는
것을 사람들은 어떻게 생각할까요? 하긴, 어떻게 생각하든지
저는 상관하지 않습니다. 지은 씨가 편지를 정성스럽고 다정하
게 써주신다는 것만으로도 사람들의 어떤 질책이 있더라도 견
뎌낼 수 있으니까요. 저는 지은 씨의 말처럼, 전 더 이상 모르는
것을 더 안다는 척한다거나 남을 비난한다거나 그러지 않아요.
한데, 지은 씨도 그런 모습들을 파악하는 능력이 있는 것을 보
면, 인간은 옳음을 구별하는 능력이 다 있는 것 같아요. 그저
잘못된 모습이 드러나 있는 것을 볼 때면 간지러운 곳이니까
긁어내야 한다. 혹은, 얼룩이 진 곳들이 한눈에 선명하게 보이
면서 깨끗하게 손수건으로 닦아내야 한다는 생각이 드는 것처
럼 명확하게 머릿속으로 들어와서 마치 제 모습이 깊은 물에
서부터 보이기 시작하는 것 같은 느낌이 들어요.

　저는 연극을 하면서 말이에요. 제가 연극에 나오는 사람이
실제로 되어보면서 감정 공부도 더 잘해보고 싶고요. 제가 이
성적으로 다스리는 감정을 드러내고 표현해보면서 감정에서도
자유로워지고 싶어요. 전 누군가를 사랑하면, 감정 조절도 잘
안되니까요. 제 친구 준수가 말하더군요. 감정 조절이 안 되었

을 때 진심을 느낄 수 있다고요. 그 감정을 느끼면서 이성적으로 대처할 수 있어야 한다고 말이에요. 연극에서는 철저하게 이성의 합리성으로 감정을 만들어서 표현을 하지만, 현실은 감정이 이성보다 앞서서 표현을 제대로 하기보다는 그 감정 때문에 이성을 잃거나 이성을 다스리지 못하게 되는 것 같아요. 그런데, 연극을 하다 보면 이성을 합리적으로 사용하여 감정을 만든 경험이 있으니까, 감정 공부가 더 잘 될 것 같아요. 전 분명 저에게 일어나는 모든 감정에서 더욱 자유로울 수 있을 거라고 믿어요. 인생은 연극과도 같다고 셰익스피어가 했던 말도 생각납니다.

3월 18일

나의 친구 송진모 씨

제가 도서관 사서로 일하는 건 어떻게 아셨죠? 그때 그 얘기 할 때는 그 자리에 없었던 것 같던데요. 저는 책을 좋아해서요. 그래서 책을 많이 읽게 되어서 도서관 사서로 일을 선택하게 되었죠.

제가 진모 씨를 특별히 피하거나 그러지 않아요. 오해하지 마세요. 진모 씨를 보면 유달리 쉽게 오해를 하는 것 같은 생각이 들어요. 아니, 스스로가 먼저 잘못된 생각을 하는 것 같아요. 어쩌면, 처음부터 긍정을 받고 싶어하는 마음이 강해서 그런 것 같다는 생각이 드네요. 제가 항상 진모 씨에게 긍정적이어야 한다고 생각하고 계시죠? 진모 씨에게 부정적이면 안 된다고 생각하고요. 그래서, 진모 씨는 저에게 항상 조심하고 계시죠? 제가 생각하는 긍정이라는 부분에 맞춰서 저에게 대화를 하려고 하시며, 저에게 웃음을 짓게 하기 위해, 노력하고 계시잖아요. 보이는 것들이 있어서요.

남성들은 왜 농담에서도 어떤 사람보다도 자신이 웃긴 사람이 되려고 노력하는지, 그것이 권력이라고 생각하는 것 같아요.

누구보다도 잘 웃겨야 하는 그런 것들. 남성들은 꼭 서열을 정해야 마음에서 편안함을 느낄 수 있나 보죠. 그리고 이상한 건 남성들은 여성들의 웃음에 자신들이 정말 웃긴 사람인 것처럼 착각한다는 것이죠.

3월 25일

친애하는 강지은 씨

지은 씨의 편지는 항상 감사하게 잘 보고 있습니다. 저의 불
안감을 지워주는 지은 씨의 편지는 항상 제 마음의 안식처입니
다. 지은 씨 말대로 전 사실 예전에 굉장히 재미없는 사람이었
어요. 웃음은 어떤 표정을 지어야 하는지도 잘 몰랐죠. 웃음에
인색한 사람이라는 소리도 듣고는 했었지요. 웃음은 어떻게 만
들어야 하는지 고민도 많았습니다. 거리에 나가보면 사람들은
참 즐겁게 웃고 있는 모습들을 볼 때면, 스스로가 부끄러웠던
적도 있습니다. 나도 저런 웃음을 갖고 싶다. 그래서 가지고 싶
다. 하지만 웃음을 표절할 수밖에 없었던 저를 돌아볼 때면 저
는 너무 치욕스럽다는 생각도 들면서 저 자신에 대한 증오심을
끊어버릴 수가 없었습니다. 차라리 자기 학대를 해야겠다는 생
각도 했습니다. 그럼, 참된 웃음을 몰랐던 제가 자기 학대를 어
떤 식으로 해야 할까요? 차라리 웃을 일이 있을 때, 웃지 말아
버리면 된다 이런 식으로 나가는 것이었습니다. 그렇게 살다 보
니, 저는 다른 사람들이 웃지 않는 일에 웃게 되더랍니다. 그러
면 사람들은 저를 보며 이렇게 말하죠. "아니, 이게 지금 여기

서 어디가 웃긴 겁니까?"라고 말이에요. 그리고는 또 이런 말도 한답니다. "저 사람은 웃음 코드가 달라요. 너무 달라"한데, 웃음 코드가 달라도 감옥에 가는 일은 없다는 겁니다. 남에게 죄를 짓는 일은 아니니까요. 그런데, 사람들은 저를 너무 뚫어져라 쳐다보고는 합니다. 저의 웃음소리가 이상하니까요. 저는 사람들의 웃음소리를 가만히 관찰한 적도 있었습니다. 사람들의 웃음소리를 듣다 보면, 사람들은 다 천진난만한 애들 같더랍니다. 어른이 되어서도 웃을 때는 그저 천진난만한 모습들로만 보이더군요. 천진난만함. 웃을 때 모습만큼은 순수하게 보이더랍니다. 그래서 사람들은 웃는 일에는 더욱 사람들의 관심을 끌기에는 쉬운 것 같아요. 순수함을 외면하는 사람은 없을 테니까요.

사람들을 만나면, 누군가는 성숙하다는 생각도 들고, 누군가는 경험이 많다는 생각도 그저 말을 해보면 충분히 알 수 있어요. 우리 연극할 때 보면, 동정하는 장면들이 나오잖아요. 왜 죽어간 사람들을 위해서 동정하는 장면 말이에요. 저는 그런 장면을 볼 때마다 동정심이란 가장 보편적이며 사람들에게 쉽게 공감하며 다가갈 힘을 주는 것 같다는 생각이 들어요. 동정심에 대해서도 학교에서는 깊이 있게 가르치는 것 같아요. 학교에서도 봉사활동도 있고, 봉사활동이 점수가 있는 것 같던데, 봉사 정신이 동정심과도 관련 있는 거 아닌가요. 동정심이란 사람들의 슬픔과 아픔에 공감하는 마음이니, 그것이 성숙을 만드는 건 아닌지요. 그러고 보면, 우리는 동정심이 우리에게 주는 영감에 대해서 깊이 있게 생각해 볼 필요가 있다고 생각해요.

4월 2일

연극에서 만난 사람, 송진모 씨

진모 씨, 편지를 읽을 때마다 진모 씨의 고민들이 무엇이었는지 알게 돼요. 저도 고민해 보면 웃음은 그저 사람들 앞에서 보여주기식 웃음이 많았던 것 같아요. 웃지 않아도 되는데 웃어야 하는 상황들도 있기도 하고, 그저 분위기에 맞추어서 웃기도 하고 그랬었죠. 진모 씨도 웃음에 꽤나 민감했던 적이 있었나 봐요. 지금은 그래도 웃음에 거짓은 없어 보이는데, 제가 잘못 보고 있는 걸까요? 진모 씨는 너무 솔직해 보여요. 오히려 꾸밈이 없죠. 진모 씨를 보면, 연극 준비할 때 꽤나 열심히 준비하고 오시는 것 같아요. 한데, 노래는 연습을 많이 해야 할 것 같아요.

동정심에 대한 글을 보니, 측은지심이라는 말이 떠오르네요. 학교에서의 봉사활동은 자비에 대해서 강조하는 것이라고 생각해요.

4월 7일

친애하는 강지은 씨

　나의 친구 강지은 씨, 항상 답장을 써주셔서 정말 감사합니다. 드디어 배역은 정해졌습니다. 박제된 나의 모습이 지은 씨와의 만남을 통해서 감정 표현이 자유로워지기를 바라는 것이 될 것입니다. 지은 씨가 여주인공이 되고 제가 남주인공이 될 줄은 몰랐습니다. 기쁨이 제 마음에 충만해지니 괴로운 모든 일들로부터 해방감을 느끼게 됩니다. 대본이 모두 나온 것은 아니라서 끝이 어떻게 끝나게 될지는 알 수 없지만요.

　제가 노래는 잘 못합니다. 그래도 노래를 연습해서 지은 씨 앞에서 조금이라도 마음을 울리는 노래를 하고 싶습니다. 도, 레, 미 등 음은 짧지만 그 모든 것들이 모아져서 노래를 만들고 그 순간순간 들려오는 목소리가 결국에는 지금을 더욱 소중하게 생각하게 해주고 용기 있게 살아가게 해 주니까요. 그것은 음악에서 음들이 짧지만 그래서 지금을 소중하게 생각하라는 깊은 감동을 주는 것을 의미하는 것이겠죠.

　박제된 주인공을 보니, 악마에게 영혼을 파는 것이 낫지 않겠냐는 장면이 있던데요. 저는 인간이 악을 선택하는 것은, 악이란 정적인 의지보다는 동적인 의지에 더 끌리기 때문이며 그리고 동시에 악을 선택하는 동적인 의지가 찰나를 영원히 기억하게 된다는 착각에 빠지기에 더욱 악에 끌리게 된다고 봅니다.

그리고 선을 말하는 것을 부끄럽게 여기고, 악을 말하는 것을 자랑스럽게 여기는 사람들도 있겠죠. 뭐 예를 들면, 자신의 주량이 한 병도 안 되는데도 술을 마실 때는 술을 잘 마신다며 두 병을 마시려고 하는 사람들도 있잖아요. 물론 그런 일들이 악을 말하는 것을 자랑스럽게 여기고, 선을 말하는 것을 부끄럽게 여기는 부분이라고까지 봐야 하는지는 의문이 생기긴 하겠지만, 정직하지 못한 것도 악이라고 여겨야 할 부분도 있다고 생각해요. 그리고 이것은 어디까지나 예를 들어 이야기한 것이고, 이런 비슷한 부분들은 얼마든지 있으니까요.

자신이 옳음을 알고 있다고 해도 그것을 주장하는 것은 용기가 필요한 거 아니겠어요? 그런 용기들의 바탕이 제가 앞에서 언급한 악에 대한 이야기라면 용기란 것은 쉽게 얻어지는 것은 아니라는 겁니다. 선과 악을 모두 경험했을 때 주어지는 거란 거죠. 결국, 악이란 것도 자신이 옳음을 주장하기 위한 도구일 뿐이라는 겁니다.

4월 11일
연극 친구 송진모 씨

진모 씨의 편지를 읽다 보면 진모 씨가 가지고 있는 생각들은 지금 우리가 하고 있는 연극하고도 비슷한 점들이 많이 있다고 생각합니다. 제가 여주인공을 맡게 되어서 연극을 같이 하게 되어서 저도 기쁘네요. 음악도 연습하면 지금보다는 더 좋아질 것이라고 생각됩니다. 진모 씨는 열심히 하시니까요.

선과 악의 이야기에서 "결국, 악이란 것도 자신이 옳음을 주장하기 위한 도구일 뿐이라는 겁니다."라는 부분은 굉장히 흥미롭습니다. 갑자기 이런 말이 떠오르네요. "밤이 깊어질수록 아름다운 것이 있다면, 그것을 보기 위해서 깊은 밤에 뛰어들겠습니까? 그리고 거기서 아름다움을 인지했다고 자랑스럽게 외치는 사람이 될 수 있을까요?"라는 말이요. 그런데, 제가 보기에 진모 씨는 진실을 알아맞히는 것을 두려워하고 있는 것처럼 느껴지네요. 진실을 알아맞히면 가진 것을 잃게 된다는 것 같은 생각이 드는 건 아닐까요? 용기가 없다면 무엇 때문에 용기가 없을까요? 그것이 모두 악을 찬양해야만 하는 것으로 귀결된다는 것은 자신이 행한 일들에 대해서 모욕적으로 느껴져서 그런 것은 아닐지… 그만큼 심각하게 자신을 입증하고 싶어서라고 밖에 생각되지 않네요.

진모 씨가 이야기하는 모든 것들은 어쩌면 과학이 만들어낸 것일지도 모르죠. 과학이 우리에게 편리함을 주면서 신속하게 모든 일들을 처리할 수 있게 되었으니까요. 과학의 편리함에 빠져버리면 집착하게 될 것 같아요. 진모 씨가 옳음에 너무 집착하고 지금 생각하는 것보다 더 큰 옳음을 찾으려고 하고 더 큰 옳음이 있으니 자신이 말하는 옳음은 가치가 없는 것이라고 여기게 되어서 용기가 사라지는 현상을 겪고 있는 것은 아닌지요? 저는 자연을 사랑하게 된다면 자신이 집착하는 것에서 벗어날 수 있지 않을까 생각합니다.

저는 오늘도 아침에 새소리를 들었는데, 제 앞에까지 새가 지저귀며 마치 자신을 바라봐 달라고 날갯짓을 하는 것 같았어요. 아침에 새들의 움직임을 보면 얼마나 예쁘고 사랑스러운지요. 물론, 제가 더 가까이 다가가면 새들은 저를 알아보고는 멀리 날아가 버린답니다. 며칠 전에는, 제가 새를 잡았어요. 새를 잡았다고 이상하게 생각할 수 있겠지만, 새가 날지를 못하는 거예요. 저는 새를 잡고서는 다이소에 가서 새를 넣어둘 상자라든지, 새를 넣어둘 철창 같은 것들이 있는지 사러 갔어요. 저는 마땅히 새를 넣어둘 뭔가를 발견하지 못해서 어쩔 수 없이, 잠자리 통을 하나 샀어요. 제가 잡은 새는 참새 같았어요. 새를 잠자리 통에 넣어두었지요. 저는 집에 있는 쌀통에서 쌀을 빼서 작은 그릇에 담아서 통 안에다가 넣었어요. 그런데, 새는 먹지를 않았지요. 저는 새를 보면서, 제가 새를 죽이게 될 것 같다는 생각이 들었어요. 새가 배가 고파서 죽으면 어떡하지? 어떤 먹이를 주어야 하는 걸까? 물도 주어야 하는 거겠지? 등 온갖 생각들이 들었지요. 저는 밖으로 나가서 새를 데리고 산책하던 중에 잠자리 통을 열어 보았어요. 한데, 잠자리통을 여는 즉시 새는 멀리 날아가 버렸답니다.

지금 이 새를 보며, 저 새는 왜 내 앞에서 날지 못했을까? 라는 생각이 들었어요. 용기가 아닐까요? 새도 옳음을 잊어버린 것은 아닐까요? 진모 씨 동물도 옳음을 행동으로 옮기는 것에 용기가 필요하다는 것을 알고 움직이는 것 아닐까요?

4월 15일

연극에서 만난 친구 강지은 씨

편지 써주신 것은 잘 읽었습니다. 제가 글로 쓴 것에 대해서 잘 읽어주시고 정성을 다해서 답장 써주신 거 정말 감사드립니다.

지은 씨가 적어 주신 편지 내용을 읽어 보면 저 스스로가 옳음이라고 느끼는 일을 행동으로 옮기는 부분에 대해서 용기가 무엇인지, 진정 용기란 무엇일까라는 생각도 들게 되네요. 게다가 저는 이런 생각도 들었어요. 인간이 정직을 사랑할 수 있을까? 라는 생각 말이에요. 인간이 정직을 사랑할 수 없기에, 정직하기 위해서 어떤 옳음을 향하고 있는 것은 아닐지 말이에요. 그래도 정직해야 자신이 느끼는 모든 감정에 생명을 불어 넣지 않겠어요. 예를 들면, 사람은 감동을 받게 되면 눈물을 흘리기도 하잖아요. 그렇다면 그 감정이 진실이었다는 것을 알 수 있겠죠. 그래서 어떤 옳음이라고 생각하는 그 무엇을 토대로 상대방의 감정을 파악하고 상대방에게 어떤 말을 하기 전에 공감할 수 있는 것은 정직을 사랑하고 싶어서라는 생각이 듭니다. 물론, 그렇다고 정직을 온전히 사랑할 수만은 없겠지만요.

지은 씨에게 편지를 쓰고 나면 배가 고프다는 생각이 들어요. 아시다시피 저는 지금 직장을 다니는 곳은 없습니다. 그렇다고 크게 모아둔 돈도 없어요. 얼마 안 있으면 생활비도 떨어질 것 같네요. 다시 직장을 구하긴 해야 할 텐데, 제가 무슨 일을 해야 좋을지 잘 모르겠어요. 어떤 일을 할 때, 사람들의 깊은 공감이나 동의를 구하려고 하는 것 때문에, 제가 하는 일에 대해서 긍정하지 못하고 저 자신을 인정하지 못하는 것 같아요. 게다가 제가 무슨 일을 좋아하는지도 잘 모르겠어요.

연극을 하면서 많은 것을 깨닫고 있어요. 연극을 하면서 생각만 하고 있던 부분들을 직접 몸으로 표현도 하니까요. 제가 직접 다른 사람이 되어보면서, 상대방을 더 잘 이해할 수 있는 힘이 생기는 것 같아요. 특히나 이 대사가 너무 마음에 들어요. "그대가 나에게 옳음으로 가는 길에 망설임을 희석해 주고 옳음으로 가는 길에 찰나의 경직을 지워주고 옳음으로 가는 길에 오직 외침만이 존재하기를!"옳음으로 가는 길에 오직 외침만이 존재하기를 이 대사가 너무 마음에 듭니다. 오직, 외침만이 옳음을 증명할 테니까요. 생각하고만 있고 행동하지 않는다면 옳음이 될 수 없으니까요. 전 이 연극을 함으로써, 제가 옳음에 더 용기 있게 다가갈 수 있게 될 수 있을 것 같아요.

4월 21일

연극 친구 송진모 씨

진모 씨, 잘 지내고 계시죠? 어차피 연극 때문에 우리는 항상 만나니까요. 한데, 다시 생각해봐도 우리가 이렇게 편지하는 것은 참 어리석게 생각될 때가 많아요. 요즘 같은 시대에 편지라니요? 문자도 있고, 카톡도 있고, 이메일도 있잖아요. 게다가 같이 연극 연습도 하는데 편지를 주고받고 있으니까요. 처음엔 그저 그러려니 했지만, 이렇게 편지하는 것도 꽤나 재미가 있네요.

어쩌다 이렇게 편지를 하게 되었는지, 편지를 한번 쓰라는 관계자분의 이야기 때문에 이렇게 편지를 하게 되었죠. 그때는 그 자리에서만 편지를 쓰게 되었는데, 진모 씨가 저에게 집 주소를 알고 있다고 제 뒤에서 집 주소를 보았다고 편지 한번 써보고 싶다고 해서 저에게 먼저 편지를 써주셨죠. 그리고 저도 답장을 해 드렸었죠. 그것이 지금까지 지속되었네요.

요즘 취업 준비로 고민이 많으신가 봐요. 제가 해드리고 싶은 말은, 연극 연습하면서 천천히 고민을 좀 해보세요. 연극 연습을 하면서 고민하다 보면, 분명 좋은 직장을 구할 수 있을 거예요. 정부에서도 일자리 창출이다 뭐다 말은 많지만, 획기적으로 성공한 사례를 본 적은 없어서요. 요즘 유튜브도 사람들이 많이 하지 않나요? 전 요즘 유튜브를 보면 유튜브의 동영상에 있는 시간과 공간은 항상 그 자리로 멈추어 놓을 수 있고, 얼마든지 유튜브를 시청하는 사람들은 원하는 시간에 어떠한 공간에서도 그것을 꺼내서 볼 수 있다고 생각할 수 있기 때문에 인간이 과거의 향수를 그리워하듯이, 과거의 향수를 계속 느끼고 싶듯이, 유튜브에 자신이 쌓아 왔던 모든 감정을 쏟아붓고 있는 건 아닌지, 자신도 잘 모르게 말이에요. 저도 유튜브를 보며 시간 가는 줄 모르고 빠질 때가 많거든요. 그리고, 유튜브도 교육적인 면과 정보적인 면에 그 외에 공익성을 띠고 있는 모든 부분들은 참 좋다고 생각해요. 그런데, 너무 선정적이고 자극적인 부분들이 심하게 노출되어 있고, 어그로를 끌기 위해서, 어그로라는 말도 저는 몰랐는데, 그게 관심을 끌기 위해 하는 행동이라는 말이더라구요. 조회수를 늘려야 돈이 되니까요. 그래서 어그로를 끌기 위해 하는 인위적인 행동들은 충분히 자극적일 수 있다는 거예요. 그러니까, 제 말은 그것은 우리에게 쾌락이 뭔지 알려준다는 것이죠. 게다가 뭔가 인과율의 법칙을 깨뜨리는 것 같다는 생각도 들고요. 너무나 빠른 결과만을 나타내어서 우리에게 직접적인 쾌락을 알려주려고 하는 것도 있다고 봐요. 게다가 스마트폰이나 컴퓨터를 사용하여 유튜브에

접속하여 기계와 자신과의 관계만을 생각하다 보니, 그렇게 자기 혼자서의 즐거움만을 찾게 되니까, 사람들과의 소통에서도 공감 능력이 떨어질 수도 있다는 거예요. 그것은 우리가 다름을 인정하는 능력을 충분히 떨어뜨린다고 생각해요. 그렇게 자기의 쾌락을 위해서 영혼이 움직이길 원한다면, 남은 다른 생각을 하고 있다고 생각하고 수용하려는 태도보다도 배제하고 배척하려고 하는 태도가 분명히 나타날 거라고 생각해요. 그렇게 되면, 남을 이해하기는 더욱더 어려울 것이라는 거죠. 그렇게 자신만의 이기심을 내세우면서 살게 되겠죠. 이런 것들이 결국에는 이혼율을 증가시키는 것은 아닌지 생각하게 되기도 해요.

진모 씨가 얘기해주신 정직에 대해서는 깊은 감명을 받았습니다. 저도 정직하고 싶지만 정직할 수 없는 상황들이 많이 있네요. 제가 싫다고 여기는 것들도 좋다고 말해야 하는 상황들도 있으니까요. 그렇지만 영혼이 힘들어하는 것 같다는 생각도 들기는 했어요. 거짓을 하게 되면, 진실하지 못한 행동들을 하게 되면 스스로가 감정을 나타낼 때 죄책감이 같이 나타나는 것을 느끼니까요. 그럴 때가 되면 스스로를 용서할 수 없다는 생각도 들어요. 그 생각 때문에 거짓말을 하게 되면 우리 몸에 어떤 반응이 일어나나 봐요. 예를 들면, 웃음이 썩 자연스럽지 못한다거나, 입꼬리가 올라간다거나 다리를 더 심하게 떤다거

나 등 여러 가지 반응들이 있을 수 있겠죠. 그런 몸의 반응은
자연스럽게 일어난다는 거예요. 모든 경우가 정직을 사랑할 수
없는 자신을 용서할 수 없어서겠죠.

4월 26일

친애하는 강지은 씨

지은 씨, 잘 지내고 계시죠? 지은 씨 말대로 우리는 연극에서 항상 만나니까요. 항상 제게 답장을 써주셔서 정말 감사합니다. 그리고 무엇보다도 제가 쓴 말에 대해서 의미를 하나하나 깊게 생각해주셔서 감사할 따름입니다. 지은 씨가 말한 유튜브에 대한 얘기는 저도 주의 깊게 생각하여 저 스스로를 제가 망치게 되는 일이 없게 해야겠어요.

오늘은 날씨가 참 좋아요. 바람도 선선하고 바람에 흩날리는 나뭇잎 소리가 들릴 때마다 저는 예전에 지은 씨가 얘기해 주신 과학과 자연에 대해서 생각하게 된답니다. 나뭇잎이 바람에 의해서 흔들리는 소리가 내 귓가에 들릴 때, 모든 것은 자연의 법칙대로 순리가 있다고 말이에요. 그러니 집착할 필요는 없다고 말이에요.

제가 할 수 있는 일에 대해서 깊게 생각해 보았어요. 일단 저도 독서를 더 해보면서 문학적인 성찰을 해보려고 해요. 표도르 도스또예프스키의 "가난한 사람들"에서 보니, 문학적인 빈곤을 겪고 있는 것 같아서요. 옳음을 이야기할 때 생기는 망설

임의 현상도 줄어들 것 같아서요. 저는 제가 너무 수동적으로만 살아온 것 같아서요. 옳음에 대해서 잘 알지 못하면 옳음에 능동적으로 대처하지 못하는 것 같아요. 누군가가 옳음을 이야기하고 나서야 어떻게 옳음을 이야기할 수 있었지? 나는 왜 저런 옳음을 알고 있는데도 말을 하지 못하고 있을까? 그런 생각에 빠지곤 했거든요. 이제는 능동적으로 대처하고 싶은데, 그러기 위해서는 문학적인 힘이 필요할 것 같아요. 그리고 옳음을 나타낼 때도 죄책감에 휘둘리고 싶지도 않습니다. 보다 더 현명한 대답을 알고 있다면 주어지는 상황에서 더 나은 옳음을 말할 수 있으니까요.

저번에 같이 한 연극 연습은 어떠셨나요? 제가 혼자서 부르는 노래는 어떠신지요? 저도 나름대로 연습을 많이 해서 실력이 좋아진 것 같아요. 사실 노래 부를 때 많이 부끄러웠어요. 지은 씨 앞에서 노래를 부르려고 하니까 더 잘하고 싶은 마음도 있고, 잘 안되면 부끄럽잖아요. 제가 노래를 잘 못해서요. 그래서 집에서 음악 듣고 연습하고 그랬어요. 근데, 노래도 부르니까 배가 많이 고프더군요. 그래서 밥도 많이 먹었어요. 공연을 보러 오시는 분들에게 잘하는 모습을 보여드리고 싶어요. 우린 어차피 주민들의 축제 때 공연하는 거잖아요. 지은 씨랑 같이 연극을 하니까 정말 즐겁고 기쁘네요.

저는 공연을 하면서 느낀 게 있다면 매력은 항상 천박함에 있다는 거예요. 매력은 천박하게 구는 법을 아는 사람에게서 느낄 수 있죠. 자신을 조금 더 개방적으로 이야기할 수 있을 때, 그때 주어지는 거라고 생각되네요.

5월 2일
연극 친구 송진모 씨.

진모 씨 안녕하세요. 별일 없으시죠?

봄의 기운이 가장 강해지는 계절 5월이네요. 또 5월이 독서의
계절이기도 하니까요. 책을 좋아하는 사람들에게는 책을 읽고
독서하고 싶은 마음이 더 간절하게 되겠지요. 진모 씨의 노래는
제가 들어도 많이 좋아진 것 같아요. 연습을 많이 하셨나 봐요.
듣기로는 자신이 한 노래를 녹음하여 들어본다고 하던데요.

진모 씨가 책을 읽으면서 문학적인 성찰을 하게 된다면, 옳
음이 주는 신비함에 점점 빠져들게 될 거예요. 요즘에는 독서
하지 않는 사람들이 너무 많아서요. 아무래도 예전보다는 인품
에 대해서는 사람들이 깊게 생각하지 않고 그저 경험에서 느껴
지는 깨달음으로 모든 것을 해결해도 충분하다고 생각하는 것
같아요. 독서를 하려고 마음먹은 것만큼 지금 이 시대에 자신
의 인품에 대해서 더 깊게 생각할 수 있는 계기가 된 것에 축
복해줘야 할 일이라고 보네요.

제가 천박했나요? 그래서 거기에서 매력을 느끼신 건가요? 저
는 정직하고 싶어서요. 아무래도 천박함은 가장 정직해질 수 있

는 표현이라고 봐야 해요. 정직해지자고 자신이 다짐해도 정직할 순 없잖아요. 우리가 정직할 수 있다면 우스꽝스러운 유머만큼 쉬운 일도 없죠. 천박함은 정직해지기 가장 쉬운 길, 즉 지름길의 한 종류라고 봐야 해요. 정직해지기 어려운 상황들도 많이 있어요. 그러나 천박해질 수 있다면 가장 쉽게 정직해지고 싶어서 그 부분만큼은 놓치고 싶지 않아서라고 봐야겠죠. 말하자면, 정직을 사랑할 때, 가장 쉽게 만날 수 있는 것은 천박함이라는 거죠.

그런 생각이 나네요. 유아일 때는 옳음에 대해서도 모두 다 받아들이려고 한다는 거예요. 동심의 세계가 허락된다면 옳음에 대해서도 받아들이는 영역은 넓다는 겁니다. 어른이 될수록 옳음을 있는 그대로 받아들이지는 않아요. 의심하기도 하고, 자존심을 세우며 자신이 살아온 옳음을 내세우게 되죠. 어른이 되어 버리면 이미 옳음은 자신 안에 이미 한정되어 있는 거예요. 유아일 때는 옳음이 한정되어 있지 않죠. 동심의 세계가 옳음에 제한성을 주는 것이 아니라 옳음이 무한하다는 것을 알게 해주죠. 그때는 무엇이든 받아들이려고 해요.

5월 7일
친애하는 강지은 씨

항상 답장을 써주시는 것만으로 감사합니다. 저는 지금도 지은 씨가 답장을 써주시는 것이 저에게는 가장 큰 의미를 두게 됩니다. 마치 은혜를 입는다면, 그 무엇하고도 바꿀 수 있을까 라는 생각도 하게 된답니다. 은혜가 보란 듯이 나에게 주어졌다고 하면 그 은혜를 무조건 잡는다는 것은 염치가 없어 보일 때가 있죠. 근데, 이런 편지를 받는다는 것은 그 염치가 없더라도 저는 주저하지 않을 거란 겁니다. 사람에게 진정 감동을 주는 것은, 이런 편지가 아닐까요? 지금같이 과학이 발전된 세상에 한번을 만나더라도 진정성 없이 만나고, 전화로라도 대화할 수 있으니 더 옳음에 대해서도 신경 쓰지 않는 것 같아서 말이에요. 한번을 만나도 더 깊은 얘기만으로 만남을 채워나가려고 노력하지 않는 것 같단 말입니다. 만남이 있어도 영혼은 만난 것 같지가 않고, 시시껄렁한 이야기만 줄곧 늘어놓고 그렇게 만남이 있고, 헤어짐도 있다는 겁니다. 만남이란 무엇인지, 요즘에 그런 생각을 하게 되네요. 정말 인터넷이 발전되어서 언제든지 메일을 주고받을 수 있고, 또 핸드폰이 있으니 전화로 얼마든지 대화할 수 있고, 그렇게 세상 살아가는데 분명 편리해진 것은 맞지만, 그렇게 편리해진 것만큼 진정성의 가치는 점점 멀어지는 것 같다는 생각이 드는 건 무엇일까요? 그리고 그런 갈증들이 결국에는 무언가를 요구하게 된다는 거예요. 그것은 바로 제 자신이 생각하기에 진정성 없다는 혐오감에서 비롯되는 것 같습니다.

연극 연습을 하면서도 계속 그런 생각이 들어요. 제가 지금 표현할 수 있다면 그대로 표현하려고 노력하면 되는데, 저는 그런 시도조차 하지 않았다는 겁니다. 저는 항상 조심했어야 했어요. 누군가가 제게 그름이라고 소리칠 거라는 사실을요. 내가 어떤 것을 옳다고 얘기할 때 상대방은 나에게 "당신은 틀렸소, 당신의 명예는 이제 땅바닥으로 떨어져서 꼬꾸라질 것이오."그런 말들이 내 안에서 들리기 시작했어요. 그리고 그들이 나의 그름을 지적하면서 이야기할 때, 나에게 소리칠 때 그 눈빛, 그 표정들 그 모든 것들이 나를 옭아매고 있다는 거예요. 그럴 때마다 제 안에서는 제발 멈추어 주세요. 아무 말도 하지 않을 테니까. 아무 말도 하지 않으면 반이라도 간다는 그 말 너무나 길바닥에 널려있는 그 말처럼. 아무 말도 하지 않을 테니까. 제발 멈추시오. 라고 내 안에서 그렇게 소리친단 말입니다. 명분이란 얼마나 중요한 것인지, 사람들은 항상 그렇게 명분에 얽매이죠.

명분이 없다면 사람들은 살아가는 것이 얼마나 허무하게 느껴질지, 꼭 그것에 대한 대가를 내가 모두 짊어지라는 것처럼 이야기를 한다는 겁니다.

그럴 때가 되면, 저는 한 번씩 묻고 싶은 게 있었어요. 제가 얼마나 기분을 나쁘게 했는지, 얼마나 기분을 나쁘게 해서 그 사람들은 저에게 자신의 명예를 지키기 위해서, 자신이 살아온 삶이 얼마나 허무하게 느껴질까 봐, 그런 말들을 저에게 하는지에 대해서 말이에요.

하지만, 그런 것조차도 묻지 못했어요. 물어볼 자신도 없었죠. 무엇보다 지금의 상황보다 더 나은 명분을 쥐고 있다는 것 그것 자체로도 사람들은 충분히 우월감을 느낄 테니까요. 제가 마치 사람들의 우월감에 희생이 되어야 한다. 그래야 그 사람에게 나는 나쁜 사람이 되지 않는다고 생각하고 있다는 거예요. 그것은 일부로 자기 자신한테 암시를 거는 것과 같은 것이겠죠. 피상적으로, 피상적으로 전진하라고 그렇게 해서 남을 위해 애를 쓰라고 말이에요. 옳음을 향해 나아가는 것에 분명 용기란 필요한 것인데, 저는 그것 자체를 부정하고 싶어 하는 사람이 되는 것을 즐겼던 거라고 봐야겠죠.

내일 연극 연습할 때 뵐게요. 항상 이런 편지를 읽어 주시고, 지은 씨의 생각을 정성스럽게 말해주셔서 저는 항상 감사합니다.

5월 14일

연극 친구 송진모 씨

진모 씨, 별일 없이 잘 지내고 계신 거죠?

우리는 연극에서도 만나지만, 편지를 쓰면서도 만나고 있어요. 편지에서는 새로운 모습들을 발견하게 되죠. 연극에서는 너무 단편적인 모습만을 보여주게 되잖아요. 사람들은 근데, 그런 단편적인 모습만을 보는 것을 좋아하는 것 같아요. 항상 즐거울 것만 같은 모습만이 전부라고 생각하고 싶어 하는 건지도 모르죠……

인스타나 페이스북 이런 것들은 어떤가요? 이런 것들의 공통점들은요? 항상 즐거운 모습만을 보여주고 있고, 또 행복한 모습만을 보여주고 있어요. 우리는 그런 사진들을 보며, 행복해져야만 해. 그래서 이런 행복한 사진만을 올려야 해. 우리는 잘 된 것만 올려야 해. 이런 생각들이 더욱 강해진 것만 같아요. 겉보기에만 보여지기 위한 모습들로만 가득 차서요. 물론, 인스타와 페이스북이 있어서 자신의 옛 모습을 계속 저장할 수도 있고, 친구들과 찍은 사진도 저장할 수도 있고, 그것이 영원성을 보장해 준다는 생각은 개인이 손으로 직접 만든 사진첩을 필요 없다고 생각하게 하죠. 그런데, 그러면서 스스로 불행을 인정하지 않고, 자신은 남들 보다는 더 행복한 사람이며 행복은 타고난 것이라는 것을 내세우게 되며, 자신의 페이스북이나 인스타에 올라가는 팔로우와 친구들의 숫자에만 연연하게 되는 경우도 있죠. 그런 겉보기에만 치중하는 모습들에서 진정성은 대체 무엇인지 점점 멀어져가는 우리들의 현실이 안타까울 뿐입니다.

오늘은 제가 진모 씨가 한 말이 생각이 나서요. 그래서 꽃집에 가서 화분을 하나 샀습니다. 그리고 화분을 제 방 컴퓨터 옆에 두었습니다. 제 컴퓨터가 있는 방 옆에 창문이 있고, 그 옆에는 화분을 하나 놓을 수 있는 자리가 있습니다. 그래서 화분을 놓기로 했어요. 그저 화분에 물을 주는 것만으로도 용기는 충분히 시작될 수 있다고 생각해요. 식물을 키우는 것도, 그리고 식물이 죽지 않길 바라는 것도요. 물론, 그것만으로 진모 씨가 말하는 옳음에 대해서 궁극적으로 고민하는 용기를 말해줄 수는 없겠죠.

저도 진모 씨가 얘기한 아무 말도 하지 않으면 반이라도 간다라는 말도 수용하며 침묵을 이용하기도 해봤어요. 정말 하고 싶은 말도 참으면서요. 그런데, 그런 상황들이 주어질 때마다 누군가는 일어나서 제가 하고 싶은 말을 하더랍니다. 그는 꽤 옳음에 대해서 소신 있게 말하는 모습을 보였어요. 물론 제

어리석은 사람들

63

가 말하고 싶은 것을 말했지만, 뭐랄까? 제가 말하려는 표현보다는 더 품위 있고 당당해 보였으며, 흥분하지 않고 말하더군요. 같은 말도 어떻게 저렇게 표현할 수 있을까? 같은 말이라도 충분히 다르다는 것을 분명하게 보여주었더군요. 무엇보다 흥분하지 않고 냉정을 철저히 지키며 울려 퍼지는 목소리는 듣는 사람들 모두를 집중시킬 만큼 확고함을 주었어요. 그래요. 저도 그렇게 가만히 앉아서 제가 하고 싶은 말을 남에게 빼앗겼지만, 제 안에 어떤 목소리가 들렸어요. 모방해야 한다고. 지금은 모방해야 한다고 말이에요. 남이 하는 말을 들어야 한다고. 그렇게 남이 하는 말, 즉 제가 하고 싶은 말도 남이 똑같이 하는 말로 들어야만 했어요. 의연하게 앞으로 나아가고 같은 말도 자신의 감정을 흥분하지 않고 옳음을 말한다는 것은 그만큼 어려운 일이 될 수도 있겠구나 생각도 했습니다.

진모 씨가 말한 사람들의 우월감의 희생도 어쩌면 모방하고 싶어서 그랬던 건 아니었을까요? 다른 한편으로는, 진모 씨는 자신에게 자신이 없다는 걸 핑계로 삼으면서 옳음을 궁극적으로는 외면하지만 그러면서도 위안을 찾고 있는 것처럼 느껴지네요. 남을 위해 그래도 자신을 헌신했다고 생각하면서요. 그렇게 위안이 잦아질수록 그것이 상대방에 대한 배려심이 된다고 생각하면서, 자신을 더욱 위로로 삼고, 스스로 어렵게 삶을 살아가고 있는 건 아닌지요. 지나친 배려의 시작이 무엇인지부터 알아야 할 것 같아요. 오히려 지나친 배려는 자신에게는 독이 될 뿐이니까요. 그 시작은 옳음에 대한 용기 없는 태도, 옳음을 알아도 용기가 있더라도 실천할 수 없는 자기 자신, 옳음이 있더라도 어쩌면 저처럼 말하면서 흥분하지는 않을까 하는 두려움 등, 그 모든 것들을 다 자기 헌신으로 돌리고 배려하려고 한 것이라는 비겁함이라고 생각되네요.

5월 17일

친애하는 강지은 씨

지은 씨가 편지로 답장을 주셔서 정말 감사합니다. 글을 읽어 보니, 저의 부족함을 정확히 짚어주시네요. 무엇보다도 저를 완전히 파악하고 있는 지은 씨의 통찰력은 저의 영혼을 새롭게 해주고 새로운 삶을 살아가는 데 의연함의 자세와 불만족스러운 저의 삶의 태도에 만족을 지탱하게 해줄 수 있게 해줍니다.

저번에 지은 씨의 편지 내용에서 용기만으로는 부족하다는 생각이 들었습니다. 모방을 원하는 것인지도 모른다는 지은 씨의 말은 저에게도 깊은 감명을 주었습니다. 무엇보다도 옳음을 얘기할 때 흥분하지 않고 냉정하게 얘기할 수 있어야 한다는 것은 단순히 용기만 가지고 나서서 얘기할 수 있는 부분은 아니라는 거예요. 갑자기 그런 생각이 듭니다. 생각해보지 않은 고민들은 언젠가 다가와서 자신의 삶을 무너뜨리게 될지도 모른다고 말이에요.

저는 저 자신에게 용기가 없음을 잘 알고 있습니다. 저 자신 스스로 허영심을 망각하기 위해서 남의 우월감을 지켜주려고 했는지 저 자신을 포기하면서까지 말입니다. 그렇게까지도 비겁했다는 것을 지은 씨의 글을 보고 알게 되었습니다.

　저도 인스타나 페이스북 등을 보며 느낀 점이 있다면, 인간은 모든 것들을 경험하고 싶어 하고 잘하고 싶어 하는 욕구가 있다는 것입니다. 근데, 그 모든 것들을 충족할 수가 없어요. 인간은 모든 것들을 경험하고 또 거기에서 최고로 잘하고 싶은 욕심들이 있는 거예요. 그런 것들을 인스타나 페이스북 등을 통해서 간접적으로 그 욕구를 채워나가고 있는 겁니다. 인간은 다 환상을 가지고 있어요. 그것은 모든 것들을 경험하고 잘하고 싶어 하는 환상이에요. 다만 사람들은 알고 있어요. 자신이 그 모든 것들을 감당할 수 없다고 말이에요. 그래서 인스타나 페이스북을 보고는 그저 열광할 뿐이죠. 자신이 할 수 없는 일들을 대신해서 얼마든지 할 수 있다는 것을 보여주니까요.

P.S 저는 화분에 물을 줄 때마다 지은 씨도 화분에 물을 주겠다는 생각을 한답니다.

5월 22일

연극에서 만난 친구 송진모 씨

진모 씨, 잘 지내고 계시겠죠?

저는 오늘 연극 연습에 몰두했어요. 일하다가도 점심시간이 되면 밥을 먹고 혼자 나와서 산책을 하며 연극 대본을 보며 대본을 보고 대본을 외우기도 하려고 하고, 그리고 상황에 맞춰서 감정도 섞어가며 대본 연습에 열중하고 있답니다. 한 문장은 그럭저럭 집중이 잘 되지만, 두 번째 문장부터는 집중이 잘 안되네요. 대본 한 문장은 그럭저럭 쉽습니다. 그런데, 두 번째 문장부터는 말이 잘 안 나오게 됩니다. 진모 씨가 따로 맞춰봐야 할 부분들도 분명히 있네요. 같이 연극을 하면서 노래를 부르는 부분도 있어요.

진모 씨의 편지를 보면서 진모 씨가 전보다는 나은 옳음에 다가가서 전보다는 명예를 더 소중히 여기며 자신의 행동에 죄책감을 덜 가질 수 있게 되어서 다행입니다. 옳음으로 나아갈 때 주의해야 할 점도 있다고 생각됩니다. 일단 스스로 너무 즐거움에 빠지게 될지도 모른다는 거예요. 어떤 상황에서 자신이 옳음을 얘기했다는 그것에 대한 자신만의 오만이 될 수도 있다는 거예요. 옳음을 얘기한 것만으로 사람들에게 추앙받게 되는 자신을 보게 되고, 그것만 기억한다는 거예요. 그것은 충분히 오만으로 이어질 수 있죠. 우리는 항상 옳음을 얘기해도 그 자리에 머물러 있어서는 안 되고 그것을 경계해야 해요. 하지만 그것은 쉽지 않죠. 우리는 그 자리에 머물러 있으려고 해요. 그래야 자신이 추앙받았다는 사실을 놓지 않으려고 하죠. 옳음은 항상 고정적이길 바라요. 그리고 자신의 옳음이 보편적이고 절대적이길 바라죠. 그런 생각들의 틀이 사람들로 하여금 선동되길 바라고 있어요. 전쟁도 그런 식으로 발생하는 거 아닌가요? 선이란 무엇이며 악이란 무엇인지 이제는 그것마저도 한 사람의 인간이 결정하려고 들죠. 그들은 이미 절대적인 권력을 장악했어요. 선도 악도 힘으로 증명하려고 하니까요. 이제는 그런 보편적이고 절대적인 옳음이 되기를 떠나서, 개인의 옳음이 존중되고 거기에 머무르려고 해야 한다고 생각해요. 개인의 옳음을 말하고 그것은 존중되어야 하고, 때로는 상대방의 옳음을 보고 자신의 삶에 참고로 삼을 수도 있겠지만, 그것이 전체를, 모두가 선동되어서 하나의 세력이 되어 다른 반대편의 세력의 옳음을 공격해서는 안 된다고 생각해요.

흘러가는 시간도 붙잡을 수 없지만, 흘러가는 옳음도 붙잡을 수가 없는 거예요. 그저 어떤 사람들과 같이 어울리고만 있어도 그저 몇 마디만 주고받아도 옳음은 계속 운동하고 있어요. 사람을 만나면 사람이 좋아서 사람을 긍정하게 되고, 그렇게 옳음을 추종하고 그 사람의 세계에 종속되어 있기도 하죠.

5월 28일

친애하는 강지은 씨

이제 날씨가 많이 더워졌어요. 이른 봄에 만났는데, 이제 곧 여름이 되어 가네요. 독서의 계절 5월이 지나갑니다. 여름엔 역시 수박이 가장 맛있는 과일이겠죠. 어제 마트에 가서 수박을 하나 샀어요. 수박을 잘라서 먹기 좋게 썰어서 따로 반찬통에 담아두었답니다. 수박이 달고 맛있더라고요. 지은 씨는 수박 좋아하시나요?

연극에 필요한 노래는 항상 준비하고 있습니다. 한순간을 보여주더라도 그 순간이 결코 헛되지 않으며 별 볼 일 없는 모습이 아니었음을. 연극을 연습하면서 깨닫는 것이 있다면, 삶은 한순간, 한순간이 소중하다는 겁니다. 삶의 한순간에 상대방에게 무슨 대화를 했는지, 무슨 말을 했는지, 그렇게 장황하거나 웅장한 말보다도, 작은 말 한마디 따뜻한 한마디가 상대방에게 큰 힘이 되는 겁니다. 우리가 외워서 하는 대사만큼 계획되어 있는 대사가 삶에 있다면 얼마나 좋을까 하는 생각도 했답니다. 근데, 그럴 순 없잖아요.

전에 편지에서 저에 대한 통찰을 정확히 짚어주셔서 감사합니다. 항상 저를 생각해 주시고, 올바른 삶에 대해서 옳음에 대해서 진지하게 의견을 적어서 보내주시니, 저의 메마른 삶에 물을 내려 주시네요.

저도 옳음에 너무 빠지는 사람들이 오만을 불러 자신만이 옳다는 길로 가게 된다는 것에 동의합니다. 그 옳음은 결국 절대적인 진리가 되길 바라며 사람들을 탄압하게 되기도 하고, 사람을 지배하려고도 한다고 생각합니다.

편지를 쓰다 보니, 갑자기 이런 생각이 드네요. 사람이란 가까운 사람들의 슬픔에 공감하기 보다는 먼 곳에 있는 사람들의 슬픔에 더욱 공감하며 동정심을 느낀다고 말이에요. 그것은 가까운 사람들에게는 친절과 예의가 멀어지고 경시되며, 먼 곳에 있는 사람들에게는 친절과 예의를 더욱 베풀면서 중시되는 것과 같은 것이겠죠. 그러니, 옳음은 먼 곳에 있다고 생각이 들게끔 해야, 사람들에게서 절대적인 공감을 절대적인 동의를 얻게 될 거라는 거예요. 자신만의 옳음을 입증하려는 사람들은 먼 곳에 있는 곳까지 그곳이 어디에 있든지 쉽게 동의를 얻을 수 있다고 믿고 있어서 전쟁도 일어나는 겁니다.

지은 씨의 편지에 쓰인 글처럼, 흘러가는 시간도 붙잡을 수 없듯이, 흘러가는 옳음도 붙잡을 수가 없다고 했던 말을 생각해보면, 우리가 꼭 유교를 배우지 않았더라도 우리는 유교를 실천하고 있다는 겁니다. 그 말은 개개인이 가지고 있는 이념은 직접적으로 무슨 말을 하지 않더라도 전해지고 있다는 겁니다. 여기에 덧붙여 말하는 것이 잘못되었다고 생각될지도 모르겠지만, 상대방이 굳이 직접적으로 말하지 않아도, 눈을 보더라도 그 사람의 감정이 무엇이었는지, 상대방이 무엇을 원하는지를 우리는 다 알게 된다는 겁니다. 눈은 거짓말을 할 수가 없고, 우리는 그 눈을 읽을 수 있는 힘이 있으니까요. 흘러가는 옳음을 붙잡을 수가 없으니, 그저 그 옳음을, 바라보는 상대방의 눈에서 확인하고 있는 겁니다.

6월 2일
연극에서 만난 친구 송진모 씨

진모 씨 말대로 이제 5월이 가고 6월이 되었어요. 수박은 저도 참 좋아하는 과일이랍니다. 전 수박 말고도 참외도 좋아해요. 근데, 참외에 있는 씨는 좋아하지 않아서 씨를 발라서 먹는답니다.

진모 씨, 전 요즘에 운동에 빠졌어요. 조금 게을러진 것 같아서요. 운동을 하다 보면 게을러진 저 자신을 정신 차리게 하는 효과가 될 것 같아요. 운동이 주는 효과는 삶을 더 긍정적으로 살게 해주고 자신감에 힘을 주는 것 같아요. 아무래도 운동은 기본적인 체력을 증가시켜주니까 삶의 활력에 보탬을 주는 역할을 하나 봐요.

진모 씨의 편지를 보니, 먼 곳에 대한 슬픔이라고 쓴 부분이 있네요. 그런데, 먼 곳에 대한 슬픔보다도 먼 곳에 대한 환상을 막연하게 가지고 있죠. 우주에 대한 이야기만 해도 솔깃하게 경청하는 사람들이 많으니까요. 막연하게 먼 곳에 대한, 그러니까 미지에 대한 환상을 가지고 있어요. 그래서 먼 곳에 있다면, 모든 것이 용서받을 수 있는 시점에서 시작할 수 있다고 믿고 있죠. 그리고 사람들은 먼 곳에 많은 관대함을 부여해요. 쉽게 접근할 수 있는 마음의 거리라고 생각해요. 거리상으로는 가장 먼 곳인데, 마음으로는 가장 다가서기가 쉽다고 생각해요.

진모 씨의 유교 얘기를 들어보니까 생각나는 것은, 주체성이란 보편성에 항상 희석될 수 있다는 거예요. 자신이 가지고 있는 어떤 주체성이라는 것은, 이미 사람들이 긍정하는 그러니까 유교로 예를 들면, 내가 유교에 반대되는 성질을 가지고 있는 것이 주체성이었다고 해도 이미 그 주체성은 내 안에서 파괴되고 유교를 따르게 될 거라는 것이죠. 그러니 주체성이란 것은 보편성에 희석된다는 거예요. 그것은 하나의 옳음을 만들고 본능이 지배하는 곳까지 뿌리를 내리며 나의 영혼마저도 변화된다는 겁니다. 전에 제가 말했듯이, 흘러가는 시간도 붙잡을 수 없듯이, 흘러가는 옳음도 붙잡을 수 없다는 얘기랑 같은 얘기겠죠.

단체라는 곳은 어떤가요? 단체는 분명 상대방을 존중하고 배려하는 법을 배울 수 있고, 자신의 이기심을 극복할 수 있는 곳이기도 하죠. 하지만 그 모든 것들은 상대방과 오해가 될 수 있는 소지 자체를 방지하기 위해서, 자신과 타인과의 갈등이 발생하는 것을 방지하기 위해서, 자신에게 돌아올 수밖에 없는 피해 등을 방지하기 위해서 마지못해 긍정하는 부분들도 있을 거예요. 그런 부분들은 개개인의 정신을 경직스럽게 만들 수 있어요. 게다가, 단체란 규칙이 없다면 존재할 수가 없죠. 규칙을 따라야지만 단체생활이 가능하니까요. 그렇게 규칙이 주는 경직성도 우리의 주체성을 충분히 파괴할 수 있는 거예요. 그리고 자신을 객관화시키기 시작할 때 보편성을 의심하기 시작한답니다. 자신을 객관화시킨다는 것은 그만큼 주체성을 확보하려고 노력하기 때문이죠.

명예는 항상 우리에게 손짓을 해요. 다만, 명예에 다가서기 위해서는 우리의 주체성이 활발하게 운동을 해야 해요. 전 명예의 부름에 우리의 영혼은 항상 준비되어 있어야 한다고 생각해요. 준비되어 있지 않은 영혼은 명예의 부름에 엇갈리며 스스로가 운명을 벗어나게 하니까요. 운명을 벗어나면 비극을 느끼며 비통해하며 세상에서 패배자라고 생각할 수 있지 않겠어요? 옳음을 올바르게 준비하는 것은 명예의 부름에 합당한 인물이 될 수 있도록 하는 거예요.

6월 7일

항상 고마운 사람 강지은 씨

지은 씨, 안녕하세요.

저는 요즘 너무 기쁜 일들이 많아서 두렵기도 하고, 언제 이 행복이 끝나버리는 것은 아닐지 가끔 이 행복이 영원할 수 있다면… 하는 생각을 하게 된답니다. 저도 지은 씨의 편지를 보고는 운동을 한번 해보려고 합니다.

지은 씨의 편지를 저는 하나하나 잘 보관하고 있답니다. 지은 씨는 대사를 전보다는 많이 외우셨던 것을 알 수 있었습니다. 대사 외우기 힘들어 하셨는데, 그래도 잘 되나 보죠? 핸드폰으로 녹음기 어플을 다운받아서 자신이 말한 것을 녹음해서 들으면 연습이 더 잘될 겁니다.

단체에서도 옳음은 존재합니다. 단체에서의 옳음은 개인의 희생으로 만들어진 건지도 모르죠. 단체생활이 불편한 점도 충분히 있으니까요. 근데, 사람들은 여럿이 같이 어울리는 것을 좋아해요. 혼자가 된다. 혼자가 되어 버리면 그것 자체를 견디기 힘들어하는 사람들이 많습니다. 그래서 스스로를 돌보지 않고, 단체에 있어야 하니까, 자신을 무시해야 한다는 식으로 자신을 단체가 만들어 놓은 틀에 꿰맞추는 것이죠. 사람은 먼저 세상에 대해서 알게 되고 그다음에 자기 자신에 대해서 알게 되며 그리고 그다음에 세상과 나 사이에서 조화를 이루려고 하는 법입니다. 그런데, 혼자서 있는 것을 두려워하며 항상 단체에 있으려고 하는 사람들을 보면 자기 자신에 대해서 깊이 있게 고민을 하지 않는 사람들일 가능성이 높다는 겁니다. 그래서 그들은 세상과 자기 자신의 사이에서 조화를 잘 이루지 못하는 거예요. 아니, 세상과 자신의 사이에서 조화를 이루려고 하는 것보다도, 단체하고 자신 사이에서 조화를 이루려고 들겠죠. 한데 그 조화는 잘못된 겁니다. 자기 자신을 희생하며 단체에만 있으려고 한 사람은 조화를 이루려고 한 것이 아니라 단체의 경직성에 자신을 둔 것입니다. 그러니 자기 혼자만의 시간을 견딜 수 있는 사람이 일단 되어야 한다는 거예요. 자기 자신에 대해서 정말 자세히 알게 되거든요. 그래야만 세상과 나 사이에서 조화를 이룰 수 있는 겁니다.

근데, 여기에서 세상에 대해서 아는 것과 단체에 대해서 아는 것은 같은 것이 아닐까? 라는 생각이 충분히 들 수 있을 있어요. 하지만, 그것은 엄연히 다릅니다. 단체에 대해서 아는 것은 세상을 더 작은 단위로 만든 것이니까요. 단체마다 옳음은 분명 각각 다릅니다. 뭐 예를 들면, 이런 것입니다. A라는 단체가 있습니다. A라는 단체에서 옳음은 B라는 단체에서의 옳음과는 다릅니다. 그렇다면 C라는 단체에서는 어떨까요? 그 옳음들이 분명해질 수도 있겠고 희미해질 수도 있겠죠. 그러니 단체란 A, B, C 그리고 제가 언급하지는 않았지만 D, E, F 등이 될 수도 있겠죠. 근데, 그 모든 것들이 세상이라는 겁니다. 그러니 단체라는 것은 세상을 이해하는 데 하나의 도구가 될 수 있죠. 그래서, 단체는 그저 작은 세상이며 모든 세상을 이야기할 수는 없는 것입니다. 단체와 자기 자신을 버리며 단체와 같이 하나가 되려고 하는 사람들을 보면, 세상을 보는 시각이 협소해질 수 있어요. 쉽게 말해, 한 단체 있다가 다른 단체로 가면 여기 단체는 내가 있던 단체하고 달라 이런 식의 생각을 하게 된다는 얘기입니다. 그리고 다른 단체에 가더라도 쉽게 적응을 못하게 되죠. 이야기가 다른 곳으로 빠진 것 같지만, 제가 얘기하고 싶은 것은 혼자서 외로움을 견디려고 노력하면서 세상과 나 사이에서 조화를 고민해야 한다는 것입니다. 그렇게 혼자 있는 시간을 가진다면 어느 단체에 가더라도 쉽게 적응하는 것은 물론이며, 누구든지 쉽게 존경할 수 없을 겁니다. 사람을 존경하기보다는 세상과 조화를 이루려고 들 테니까요. 경외심이란 사실 세상과의 조화를 이루지 못한 자들이 쉽게 가질 수 있는 감정입니다. 세상과의 조화를 이루려고 스스로 노력한 사람은 사람에게 쉽게 경외심을 가지지 않습니다.

6월 12일

연극에서 만난 친구 송진모 씨

진모 씨가 쓴 편지를 보고는 핸드폰에서 어플을 하나 다운받았어요. 녹음기 말이에요. 그래서 녹음하고 제가 한 대사를 듣고 있어요. 근데, 순서를 잘 모르겠어요. 제가 한 대사를 언제 해야 하는지, 타이밍을 잘 모르겠어요. 그래서 앞뒤 상황을 더 잘 파악하면서 제가 녹음한 대사를 들으려고 한답니다.

진모 씨가 써 준 단체생활을 할 때, 옳음을 인정한다거나 저항을 하는 이야기는 저도 깊게 공감을 합니다. 진모 씨의 옳음에 대한 생각은 경이롭다는 생각이 들 정도예요. 인간은 외로움을 견딜 수 있어야 한다는 말을 보고 나니까, 괴짜가 생각이 나네요. 괴짜들은 고독한 사람들이 많은 것 같아서요. 저는 고독과 외로움은 좀 다른 것 같아서요. 고독은 이미 세상에 혼자밖에 남겨지지 않았다는 것을 인정하는 사람 같고요, 외로움은 다른 사람과 충분히 어울리고 싶은데, 혼자 있을 수밖에 없는 말이라고 생각해요. 괴짜들은 그래서 세상에 혼자밖에 남겨지지 않았다고 생각해서 그런지, 세상을 신랄하게 풍자하는 것을 즐기는 것 같아요. 외로움을 느끼는 사람은 사람들과 어울리기 위해서 신랄하게 세상을 풍자하지는 못하죠. 그러면 남들에게 오해를 사게 되니까요. 저는 당신을 싫어합니다. 라는 말로 오해받게 될까봐… 아예 엄두를 못 내는 것 같아요. 괴짜들은 참 재미난 사람들이 많죠. 그리고 사람들에게 피해 끼치는 걸 좋아하지 않아요. 물론, 사람들이 다른 사람들에게 피해를 끼치는 걸 좋아하지 않습니다만, 괴짜들은 적어도 배려가 무엇인지 정확히 알고 있다는 거예요. 세상에 자기 자신만 남겨지기 위해서는 배려가 정말로 많이 필요하니까요. 만약 피해라도 준다면, 자기 자신만 남겨진 것이 아니라는 것을 인정하는 게 돼버리잖아요. 안 그런가요? 그래서 괴짜들은 배려라면 세상 어떤 사람들보다도 지키려고 노력하죠. 그들은 자신만의 일정한 규칙이 있어요. 괴짜들은 어떻게 보면 원칙주의자들이라고 봐야죠. 그들은 자신만의 질서를 인정하지만, 단체 생활을 하기에는 힘든 점들이 많아요. 지나치게 개인주의자들이니까요. 그들은 도우면서 사는 법을 인정하는 것을 잘 모른다는 것이에요. 사람이란 혼자서만 살 수는 없어요. 필요한 일 있으면 도우면서 살아야 되니까요. 근데, 그들은 도우면서 사는 법을 잘 모르죠. 모든 것을 철저하게 혼자서만 짊어지려고 하는 것이 있어요. 그리고, 혼자서만 짊어지는 것이 책임감이라고 굳게 믿고 있는 것 같아요. 혼자서만 짊어진다는 것이 책임감은 아니잖아요. 혹시 괴짜가 된 사람들이 있다면 사람들에게 심각하게 배신을 당한 사람들이 아닐까요? 스스로 괴짜가 된 사람들은 아마 없을 테니까요.

6월 20일

많이 고마운 사람 강지은 씨

지은 씨 연극 연습은 어떠신가요? 지난번에는 저 때문에 많이 힘드셨죠? 제가 계속 대사를 틀려서 지은 씨에게 영향을 주는 것 같아요. 정말 죄송합니다. 대사를 잘 외웠다고 생각했는데도, 생각처럼 잘 되지 않네요. 지은 씨를 보면 이상하게 긴장감에 제 온몸이 바늘을 찌르듯 떨려서요. 다음엔 더 준비 잘하겠습니다.

저도 지은 씨가 들려주신 괴짜 이야기가 너무 흥미롭습니다. 기도하는 사람들은 어떤가요? 저는 기도하는 사람들을 보면, 관대함이 느껴집니다. 기도하는 사람들은 인내심이 강한 것 같아요. 인내심이 강한 사람은 관대함을 쉽게 가질 수 있죠. 그래서 그들은 더 많은 사람들을 포용할 힘이 있는 것 같아요. 한편으로는 사람을 이해하는 능력도 뛰어난 것 같습니다. 그들에게 옳음은 조금 더 다름을 인정하려고 노력하는 것이라고 생각이 드네요. 지은 씨가 들려주신 괴짜들이 지향하는 옳음과 기도하는 사람들의 옳음이 다르다는 것을 충분히 알 수가 있어요. 사람마다 옳음이란 다른 문제인데, 그렇게 보면, 자기주장이 강

83

한 사람들은 옳음은 자기 자신만이 알고 있다고 생각해서, 자신의 옳음이 인정받지 못하면 모든 사람들은 상처를 받을 것이라고 생각하는 것 같아요.

삶에 대해 깊이 있게 숙고한 사람을 만나게 되면 성숙한 영혼이라는 것을 금방 알게 되더랍니다. 그러면 성숙하지 못한 영혼들은 성숙한 영혼을 만나면, 질문을 더 많이 던져요. 삶이 얼마나 괴로운지요. 그 현상은 자동적으로 일어나죠. 그런데, 성숙하지 못한 영혼들은 자존심이 상하게 되어서 그런지, 성숙한 영혼들을 쉽게 비난하게 되는 것 같아요. 자기 자신이 아무리 선한 사람일지라도 옳음을 더 많이 알고 있는 사람을 만나서 이야기하다 보면 악한 사람이 되어 버릴 수도 있다는 거죠. 여기에서 중요한 것은 자신만의 옳음을 정말로 진실하게 매달리며 자기 자신을 구하면서 살았느냐가 중요한 것 같은데, 그런 시도조차 하지 않은 사람들이 그렇게 살아온 사람들을 비난할 수 있는 자격은 있는 건지, 전 그런 상황들을 볼 때마다 삶에 대해 깊이 있게 고민하면서 살아온 사람들이 너무 관대해서 그저 비난의 무게를 견디는 것 같다는 생각이 든답니다. 그래도 성숙한 영혼을 가진 사람들은 사람들과의 언쟁과 비난을 피하기 위해 점점 말을 아끼게 됩니다. 어떤 상황에서 더 나은 대답을 할 수 있다는 것을 알고 있어도 말을 아끼게 되는 겁니다. 더 나은 대답을 하는 순간 사람들의 표적이 되니까요. 그러나 아무리 말을 아끼더라도, 옳음을 진정 구하면서 살아온 사람들은 표가 납니다. 그래서 사람들은 이 사람은 많이 알고 있을 것이다. 이 사람은 무엇을 말해도 무엇을 물어봐도 알고 있을 것이다. 그러니 계속해서 질문도 하게 되고, 그리고 사람들은 때론 시험도 하게 되죠. 이 사람은 이 상황에서 무슨 말을 하게 될까? 등 여러 가지를 시험합니다. 그것은 한 명의 성숙한 사람의 고귀한 희생을 요구하는 것이 되는 겁니다.

4대 성인(부처, 공자, 예수, 소크라테스)이 남긴 책은 아무것도 없습니다. 사람들은 4대 성인에게 질문을 했고 그 4대 성인에게 질문한 것들에 대한 대답을 사람들이 스스로 받아 적어서 책으로 만들었다고 합니다. 이런 점들로 비추어 보았을 때, 방금 전에 제가 편지에 적은 것은 4대 성인은 왜 남긴 책이 없을까 하는 고민하면서 답을 찾아본 겁니다. 뭐 한마디로 4대 성인은 귀찮았지만, 그래도 사람들이 물어보니까 답은 알려주었다는 이야깁니다. 하하하하.

6월 27일
연극에서 만난 친구 송진모 씨

진모 씨, 4대 성인의 이야기는 정말 웃기는 이야기네요. 호호호, 웃음이 절로 나옵니다. 여태까지 편지가 오고 갔지만 이렇게 웃긴 얘기는 처음이네요. 박제의 사랑이라는 연극에서도 주인공이 유머가 무엇인지 알아가면서 웃게 되고, 그렇게 박제된 사람의 영혼도 조금씩 감화되는 것 같다는 생각이 들었거든요. 우리 연극 연습이 생각이 나네요.

영화 니노치카라고 유머에 관한 내용이 있거든요. 남자주인공이 여자주인공을 웃게 하기 위해서 많은 노력을 했었죠. 여러 가지 재미있는 이야기를 했는데, 그중에 한 가지 생각나는 게 있어요. "두 사람이 달구경을 하고 있었어요. 한 사람이 이렇게 말했어요. '달에도 사람이 살고 있다는 말이 진짜인가요?', '그럼요, 500만 정도요.' 그러니까 처음 사람이 '달이 초승달이 됐을 때는 참 붐비겠네요." 이러는 거예요. 저는 웃음이 나오는 장면이었는데요. 그래도 여자주인공은 웃지를 않았죠. 그녀는 웃음을 잃어버렸던 것 같아요. 근데, 남자주인공이 넘어지는 장면을 보고 그녀는 웃게 되었고, 유머에 웃음을 담을 수 있게 된 거예요.

진모 씨는 열정적이고, 옳음을 위해 진정 애쓰는 사람이에요. 옳음을 위해 애쓰다 보면 무엇이 더 소중한지는 자연스럽게 알게 되는 것 같아요. 그런 고민을 하는 것만으로 삶에 진정성은 더욱 축복에서 살게 될 거라고 생각해요. 물론, 고통도 따르겠지만, 그래도 앞으로 나아갈 수밖에 없잖아요. 지금까지 쓴 편지들만 보더라도 고통이 있더라도 멈출 것 같지가 않아서요. 이미 축복이 무엇인지 아는 사람은 고통도 감수할 거라고 생각해요.

진모 씨, 공상이 풍부한 사람도 있어요. 공상이 풍부한 사람들일수록 자유로운 정신을 가지고 있다고 생각해요. 자신의 자유로운 행동을 하기 위해서, 도전 정신이 남들보다는 뛰어난 것 같아요. 남들이 하지 못하는 일들을 해내곤 하니까요. 아무래도 어떤 일이든 도전하려고 하고 후회하는 일은 없도록 노력하는 것 같습니다. 후회가 자유를 침해하는 것을 경멸하는 것이죠. 때론 그들은, 너무 순수해서 현실감이 없어요. 누구에게나 무언가를 베풀면 더 많은 것들을 받을 수 있다고 생각하기도 하죠. 공상이 풍부한 사람들은 언제든지 대화할 준비가 되어 있어요. 그들은 누구와도 대화할 수 있다고 생각하죠. 중요한 건 자신의 마음이라고만 단정 짓는답니다. 한데, 대화하는 데 자신의 마음만이 중요한 것은 아니잖아요. 상대방의 마음도 중요하죠. 상대방의 마음을 잘 고려하지 못하고 즐겁고 신나는 일을 만들려고 노력하는 것 같아요. 그들은 유쾌한 기분이 항상 영원하길 바라고, 그것을 상대방과 영원히 누릴 수 있다고 착각한답니다. 그래서, 공상이 풍부한 사람이 현실적인 면을 직면할수록 사람들에게 원한을 갖기는 쉽다는 거예요. 아마 공상이 풍부한 사람이 그래도 원한을 얻기가 쉽지 않을까 싶네요. 공상이 풍부한 사람이 가지는 자신만의 세계와 현실에서 사람들에게 직접 느끼는 괴리감이 다른 사람들에게 원한을 품을 수 있도록 할 테니까요.

7월 3일
너무 고마운 사람 강지은 씨

연극을 하면서 지은 씨를 알게 되어서 정말 많은 것을 배우게 됩니다. 한 사람이 지닌 세계관은 정말 무궁무진한 것 같습니다. 지은 씨가 들려주는 지은 씨의 이야기는 저에게 지적인 호기심을 만족시켜주고, 더욱 새로운 세계를 접할 수 있는 기회를 줍니다. 저는 무엇보다도 지금 지은 씨를 만난 것이 그리고 이런 편지를 주는 만남이 허락된다는 것에 어떠한 기쁨도 지금, 이 순간의 감정을 저지할 수 있을 만큼 주어지지 않을 거라고 저는 자부합니다. 저번에 연극에서 제가 바보처럼 웃게 되었었죠. 저는 얼어붙은 영혼이었어요. 저에게 생명을 주신 건 여주인공 역할을 해주신 지은 씨뿐이었습니다. 연극의 내용이 그렇잖아요.

연극을 하면서 느낀 것이란, 제가 단순히 감정을 불러일으키는 것이 아니라, 감정을 저에게 투영시키고, 표현하는 법을 자유롭게 익힐수록 언어가 주는 고통을 피할 수 있다고 생각이 듭니다. 연극처럼 오늘의 편지도 지은 씨의 영혼의 안식과 명분의 타당성과 명예의 영광과 그리고 조금 더 환한 불빛을 가질 수 있는 기회가 되기를 바랍니다.

저는 삶을 더 소중하게 생각하기 위해서는 자신의 젊음이 영원할 거라는 착각에서 벗어나야 한다고 생각합니다. 삶을 너무 쉽게 낭비하는 것 같아요. 너무 쉽게 쾌락에 빠질 수 있다는 겁니다. 삶은 소중한 것입니다. 젊다고 언제까지 젊을 수도 없는 거니까요. 젊음을 내세우는 것이 아니라 하루하루 무엇이 소중한지 마음이 애쓰는 법을 배워야 할 것 같아서요.

사람들은 항상 얘기해요. 그것은 같은 일정한 패턴에서 말하는 것의 반복이에요. 근데, 조금 그 패턴을 벗어나고 싶어 해요. 자신이 깊은 얘기를 하고 싶어 하는 사람, 그리고 조금은 자신의 내면을 들키더라도 수줍지 않고 그 내면을 서로 공감하고 대화할 수 있는 사람을 원하죠. 그래서 사람들은 친구를 만들어요. 그리고 연인도 만들고, 결혼도 하게 되죠. 그런데, 사람에게만 기대서는 모든 것이 원만하게 돌아가지 않는다는 것을 알게 돼요. 자신이 원하는 대답을 조금 더 가까운 사람에게 찾게 되고, 가까운 사람들도 원하는 대답이 뭔지 미리 알고 있기에 그저 긍정하는 것이거든요. 한데, 계속 그렇게 긍정하는 것이 언제부턴가 질리기 시작하는 거예요. 그래서 부정을 하게 되죠. 그러면 서로 분쟁이 일어나겠죠. 그렇게 사람에게서 무언가를 찾게 되면 결국에 남는 것은 자신이 외롭다는 의미만 남게 돼요. 내가 사람과 어울리지 못했었나 나를 알아주는 사람은 없는 걸까? 이런 의미에서요. 저도 지은 씨가 전에 말한 외롭다라는 의미를 생각해 보았거든요.

옳음을 내세우다가도 저 자신이 자존심이 강한 사람이라는 것을 알게 되었어요. 근데, 자존감이 강한 사람일수록 틀리는 것을 두려워하지 않는 것 같습니다. 모든 상황에서 항상 옳음을 말할 수 있는 사람만 있을 수는 없으니까요.

7월 11일
연극에서 만난 친구 송진모 씨

연극도 이제 중간이 지나간 것 같아요. 연극에서의 만남은 외면적인 만남인 것 같고, 편지로 만나는 것은 내면의 얘기를 하는 것 같아요. 그렇지만, 연극에서 연습할 때 이런 내면적인 이야기를 할 시간도 없고, 사람들도 연극 얘기를 하느라 바쁜데, 이런 얘기를 하기가 조금 그렇잖아요. 편지에 직접 글을 쓴다는 것은, 자신의 모든 정신적인 에너지를 투영하는 것과 같아요. 그것은 인터넷 메일이 대신해 줄 수는 없는 거예요.

자존감에 대한 이야기는 저도 고민해 본적이 많아요. 일단, 사람들은 어떤 후회를 하게 되면서 자존감이 점점 떨어져요. 그리고 자기 자신에 대한 확신을 잃게 되죠. 그것은 자신을 용서할 수 있었느냐, 없었느냐의 차이에요. 전에 편지에서 자존감이 강한 사람일수록 틀리는 것을 두려워하지 않는 것 같다는 글을 보았어요. 한데, 그것은 자신을 용서할 수 있었다는 것을 의미하는 거거든요. 반면에, 자존심을 내세우는 사람은 자신이 남에게 어떤 일을 당하고서 용납할 수 없기 때문에 그런 거예요. 용서할 수 없는 일도 있겠죠. 그럴 때는 자존심을 내세울 만한 일이에요.

근데, 조금 더 깊이 있게 생각해볼게요. 자신이 어떤 후회를 하고 있다. 그래서 그 일에 대해서 자신을 용서한다면, 그것은 자존감이 높아지는 거예요. 용서할 수 없다면, 자존감이 낮은 거예요. 생각해보면, 과거의 어떤 일에서도 사람들은 벗어나지 못하고 있는 사람들이 많아요. 그것은 자기 자신을 용서할 수 없어서 그런 거예요. 사람은 다 수치스러운 일도 당하게 되고, 수치스러운 일을 만들기도 하죠. 태어날 때부터 명예가 무엇인지 알면서 태어나는 사람은 없어요. 한데, 사람들은 왜 스스로를 용서하지 못하는지, 자신을 용납할 수 없는 거예요. 일단 자기 스스로를 용서하는 법을 알아야 해요. 자기 자신에게 스스로 관대해져야 하고, 여유를 가져야 해요. 누구나 실수할 수 있고, 서투를 수 있어요. 태어날 때부터 잘하는 사람은 없으니까요. 그러니 스스로를 용서하세요. 자기 자신에게 관대해지세요. 자기 자신을 용서할 수 있다면, 자존감은 허락될 거예요.

우리가 어떤 일을 할 때, 아니 하기 전에는 미리 생각을 하고 있어요. 내가 이 일을 해도 나는 스스로를 용서할 수 있을 거야. 나는 괜찮아. 이 일이라면 나는 용서 받을 수 있고 괜찮아질 수 있어. 그러니 나는 이 일을 할 거야. 이런 걸 본능적으로 생각한다는 거예요. 그런데, 그 일을 막상 해보니, 수치심을 느끼는 거예요. 나는 스스로를 용서할 수가 없었어. 정말 강한 수치심이 느껴져. 이런 식으로요. 그러다 보면, 자존감이 낮아지죠. 그러니 스스로를 용서하고 관대해지는 법을 배우세요. 그러기 위해서는 더욱 강한 용기가 필요해요. 자신을 스스로 용서할 수 있는 용기요.

물론, 자존심도 필요하다고 생각해요. 사람이 사람에게 분노할 수 있는 건 자존심이거든요. 남을 용서할 수 없는 일에는 분노하는 게 맞는 거니까요. 예를 들면, 너무 굴욕적인 일을 당했어요. 상대방이 너무 예의가 없었던 거예요. 그런 일에는 어떤가요? 자존심이 상하지 않으세요? 그럴 때는 분노하는 게 맞는 거예요. 그러나 괜한 자존심은 허영을 만들 뿐이에요. 어떤 일이 주어졌을 때 분노하는 이유가 자신 스스로가 느끼기에 용서할 수 없는 일의 수준이었는지, 용서할 수 있는 일이었는지, 그것을 잘 구분해야 해요. 자신을 용서할 수 없는 일에 자존감이 낮아지고 자존심이 강해지면 문제가 생길 수 있어요. 자신을 용서할 수 있었는데, 용서하지 않아서 자신의 자존감이 낮아져서 꼭 자존심을 내세웠어야 했던 문제였는지 잘 생각해보고 스스로 용서해야 한다는 것을 한번 깊이 있게 생각해 보셔야 해요.

정리해서 얘기하자면, 자기 자신을 용서하면 자존감이 높아지고, 자기 자신을 용서하지 못하면 자존감이 낮아져요. 근데, 자기 자신을 용서하지 못하면 자존감이 낮아지고 쓸데없이 자존심이 높아져서 자기 자신을 망치는 일도 있겠죠. 그런 문제는 자기 자신을 용서하지 못해서 자신의 자존감이 낮아져서 쓸데없이 자존심을 내세운 것이라는 것을 깨닫고 자기 자신을 용서하기 위해 노력해야 한다는 거예요. 그리고 자기 자신이 남에게 당한 일을 용서할 수 없는 경우라면 자존심도 필요하다는 거예요.

예전에, 자존감과 자존심을 용서로써 고려해 본 적이 있어요. 생각이 나서 편지로 적어 보네요. 하지만, 모든 경우에서 자존감과 자존심이 용서로써만 설명되지는 않을 거예요.

7월 17일

많이 고마운 사람 강지은 씨

자존감, 자존심에 대해서 굉장히 깊이 있는 이야기를 적어 주셔서 감사합니다. 저도 괜한 허영심으로 자존심을 내세우고 후회한 적이 생각이 나네요. 옳음은 언제나 제 영혼을 새롭게 만들어주고 명예를 지킬 수 있게 해줍니다. 저의 명예가 지은 씨의 글자 하나하나에 더욱 빛을 낼 수 있을 것이라고 생각합니다. 영광이란, 명예가 가장 빛을 낼 수 있을 때 주어지는 자리이며, 저는 그 영광을 누릴 수 있을 거라는 것을 의심하지 않습니다. 자신을 믿을 수 있는 마음은 옳음이 만들어 주니까요.

저는 연극이 마무리되면, 너무 아쉬울 것 같아요. 이런 편지도 이제 쓸 수 없는 거겠죠? 그런가요? 이제 연극이 끝나면 지은 씨하고는 편지를 주고받을 수가 없는 건가요? 이런 옳음의 이야기는 저에게 찬란하고 경이로운 정신적인 유산처럼 다가왔는데, 저의 영혼에 희망을 주고, 답답함의 고통을 해소해주고, 감정을 조금 더 잘 나타낼 수 있게 해 주었어요. 저는 이제 어디에서 그 맛을 볼 수 있을까요?

지은 씨의 편지를 보면, 저의 마음이 더 중요하다는 것을 느낍니다. 옳음을 추구하기 전에 마음가짐이 중요하다는 것을 말이에요. 자기 자신을 용서한다는 것은 마음이 중요하다는 소리겠죠. 저 자신의 마음가짐을 어떻게 닦고 나가느냐가 중요하다는 말로 알겠습니다. 마음공부가 얼마나 중요한지 말이에요. 마음에 관대함이란, 자신을 자유롭게 만들어 준다는 것을 말이에요. 결국에는 마음이 먼저 오고 지혜가 온다는 거겠죠.

마음은 의지가 중요하다고 생각해요. 무언가를 하겠다고 하는 의지가 마음에 힘을 부여하죠. 우리는 앞을 향해 나아가길 위해 의지를 점검하기도 하죠. 의미를 부여하기 위해서 의식을 행하기도 해요. 그것은 의지를 더욱 확고하고 굳은 신념으로 바꾸기 위해 노력하는 겁니다. 사람들은 그러면 이런 생각을 하기도 해요. 의미를 부여 하기 위해 의식을 하는 것이 의미가 정말 있을까? 라는 것을요. 한데, 의미를 부여하는 모든 행동들은 분명 의미가 있습니다. 나라마다 의미를 부여하는 행위들은 다릅니다. 다만, 무엇을 위해 어떤 행위를 했고, 그것이 자신의 마음의 안정과 평화 그리고 자신을 신뢰할 수 있는 힘을 주는 겁니다. 그렇게 자신의 옳음을 지켜서 큰 뜻을 이루기 위해 의미를 부여하는 것이죠.

이 세상에 끝나지 않는 전쟁이 있습니다. 지금도 계속되고 있어요. 그것은 바로 누구의 말이 더 옳았느냐의 이야기입니다.

우리는 누구의 말이 옳은지 언쟁이 발생되는 장면들을 쉽게 목도할 수 있습니다. 그래서 사람들은 지혜에 대해서 항상 목 말라 있습니다. 허기가 지는 것이죠. 자신의 옳음이 헛된 일이 되지 않기 위해서 그러는 것 같아요.

욕심을 버리는 법을 알아야 한다. 이런 말은 너무나 많이 들렸었죠. 욕심을 버려야 지혜가 생긴다고요. 근데, 욕심을 버린다는 것이 정말 쉽지가 않습니다. 자신이 무엇을 선택해야 하는지 어떤 욕심이 있어서 잘못된 선택을 하는 것인지 알 수가 없습니다. 쉽게 말해서, 자기 자신도 어떤 욕심으로 어떤 선택을 하는지 알 수가 없습니다. 저는 여기에서 원한을 가진 자가 욕심을 버리는 법을 가장 잘 알 수 있는 거라고 생각이 들었습니다. 원한을 가진 자야말로 무엇이 욕심이었고, 무엇이 현명한 선택이었는지 알 수 있겠죠. 한데, 원한을 가진 자의 시간은 언제나 그 자리에 멈춰 있습니다. 시간이라는 개념도 사실은 무의미합니다. 과거, 현재, 미래가 있다고 우리는 알고 있습니다만, 사실, 그것은 옳음은 아닙니다. 원한을 가진 자의 시간은 언제나 멈추어 있습니다. 그의 시간은 절대 흘러가지 않습니다. 시간이 멈추어 있으니, 자신의 존재에 대해서 불확실하다는 것을 깨닫게 되겠죠. 사람들을 만나 보면, 그 사람들의 시간은 흘러가는 것 같은데, 유독 자신의 시간만은 멈추어 있다고 생각하니까요. 그래서 그들은 욕심이 없는 겁니다. 자신의 존재에 대한 확실성을 위해서 단지 시간이 가기 위해서만 노력하니까요. 그래도 그들의 시간은 가지 않습니다. 그들은 그런 세계에서만 있습니다. 지은 씨가 전에 쓴 편지에 "과거의 어떤 일에서도 사람들은 벗어나지 못하고 있는 사람들이 많아요."라는 말을 보고서 원한을 가진 자에 대해서 생각이 났습니다.

7월 21일

연극에서 만난 친구 송진모 씨

오늘은 밖에 장맛비가 많이 내렸어요. 비를 보면, 그런 생각이 납니다. 진모 씨가 항상 강조하는 용기가 말이에요. 내 안에 뜨거운 용기가 가득한데, 밖에는 장맛비가 내리는데, 나는 뜨거운 용기가 가득 찬다면, 어떤 느낌이 들까? 라는 생각을 말이에요.

연극이 마무리되어도, 편지하고 싶으면 편지하면 돼요. 진모씨의 솔직한 이야기는 저의 옳음에도 큰 도움이 되니까요. 그리고 연극이 마무리되어도, 인생은 항상 연극이잖아요. 우리의 기억은 항상 연극처럼 살아 있을 거예요. 우리가 생각하는 순간순간처럼요.

일단 옳음을 알다 보면, 힘들더라도 참고 나아갈 힘을 얻는 것 같아요. 적어도 힘든 순간이 오면, 우리가 옳음을 알아갈 때마다 우리에게 힘든 일을 이겨 나가라고 응원해주는 것이죠. 옳음은 항상 우리 주변에 있어요. 다만, 우리는 그 옳음을 우리가 선택한다는 것이죠. 근데, 옳음을 우리가 선택하는 것일까요? 옳음이 우리를 선택하는 것일까요? 그것도 역시 잘 모르겠어요. 근데, 생각해 보면 문화도 하나의 운명과 같다는 거예요. 태어날 때부터 주어진 문화 말이에요. 제가 한국어를 배우고 싶어서 배운 건 아닌데, 배울 수밖에 없었어요. 그게 모국어니까요. 그러면 한국어와 일본어 혹은 영어도 있는데, 저는 한국어를 선택할 수밖에 없었어요. 그러면 한국어가 옳음이고, 그 옳음이 저를 선택한 거라고 봐야겠네요. 결국, 옳음이란 태어날 때부터 정해진 것들이 어느 정도는 있다는 거예요. 그런 것들이 모두 동력이 되어서 세상을 바라보는 시각을 만드니까요.

그림도 그런 부분이 있죠. 예를 들어, 그림 작가분들이 어떤 영감을 얻고 그림을 그린다고 한다면, 그 영감을 자신이 선택한 걸까요? 영감이 그림 작가를 선택한 걸까요? 물론, 그림 작가가 영감이 떠올라서 자신이 그것을 선택했다고 말할 수 있겠죠. 그러나 영감이 주어지면, 선택하지 않는 그림 작가는 없겠죠. 그러면 영감이라는 옳음은 그림 작가가 선택한 것일까요? 영감이 그림 작가를 선택한 걸까요? 떠오르는 모든 생각들이 믿음을 만든다면, 그 믿음도 결국에는 제가 선택한 것이 아니라, 선택될 수 있다는 거예요. 제가 이야기하고 싶은 것은, 옳음은 자신이 살아온 문화를 배제할 수 없다는 거예요. 의미를 부여하는 것도 결국에는 나라마다 지역마다, 그 고장의 풍습마다 다를 수밖에 없다는 거예요. 옳음이 나를 부르니까요.

저도 도서관에서 일을 하지만, 사실 배가 많이 고플 때가 있어요. 그냥 가만히만 있어도요. 아니, 이렇게 얘기하는 게 더 낫겠네요. 도서관에서 책을 보면 집에서 책을 볼 때보다 배가 더 고파요. 도서관에 가면 책들이 많이 꽂혀 있잖아요. 사람은 지적 호기심이 있어요. 그것은 진모 씨와 제가 편지를 주고받으면서 얘기한 옳음을 갈구하는 마음이겠죠. 한데, 수많은 책이 있는 걸 보는 것만으로도 그 책을 보지 않더라도 보고 싶다는 지적 호기심을 계속 가지고 있으니까요. 그래서 배가 더 고픈 것 같아요. 그러니까 책을 옳음이라고 생각해 보면, 계속 옳음을 갈구하는 마음이 있는데, 거기에 있는 모든 책들을 볼 수는 없잖아요. 그 욕구가 배를 더 고프게 만든다는 거예요. 사람을 만나면 인력이라는 게 있다고 하네요. 서로 끌어당기는 힘이요. 근데, 저는 책에도 인력이 있다고 믿어요.

7월 26일

많이 고마운 사람 강지은 씨

사람들은 살면서 중요한 것들을 잊고 사는 것 같아요. 반복된 생활에서 바쁘게 주어진 일에만 매달리다 보면 말이에요. 지은 씨는 어떠신가요? 소중하다고 생각하는 것들에도 소홀해지진 않았나요?

지은 씨의 편지를 보다가 옳음이 우리를 선택한다는 말을 보니까 우리가 타당하다고 생각하는 모든 것들이 과연 옳은 것일까? 라는 생각이 들어요. 그저 맹목적으로 따라야 한다고 생각해서 그래야 자신의 주변 사람들과의 마찰을 줄일 수 있고, 나에게 어떠한 불행도 다른 사람이 요구할 수 없게 하려고 그러는 것 같아요.

우리에게는 어떤 믿음이 있어요. 그 믿음은 나는 절대 아닐 거라는 믿음이요. 무슨 일이 있어도 "나 하나쯤은 괜찮겠지. 혹은 나는 절대 아닐 거야."라는 생각을 한다는 거예요. 그런 잘못된 생각은 자신은 항상 변화할 수 있고, 긍정적으로 변할 수 있다는 생각에서 비롯되는 것 같아요. 자신이 오만해지는 것이죠.

생각해보면, 사람들은 본질적인 문제를 망각하고 다른 곳에서 답을 찾는 것 같아요. 우리가 순간적으로 지나치는 모든 것들도 같은 문제라고 생각하고 그냥 지나치는 경우가 많다는 거예요. 도대체가 무엇이었는지, 뭔가 이상하다고 생각하면 확인해야 하는데, 확인을 하지 않는 경우가 많죠. 귀찮은 걸까요? 옳음이 있고, 더 좋은 방향, 그러니까 더 긍정적으로 달라질 수 있는 가능성은 얼마든지 많았어요. 한데, 왜 선택을 하지 않을까요? 사람들은 이미 자신의 옳음을 그냥 믿고 나아가고 싶어하는 거예요. 그 자리에서 멈춰서 그 믿음을 버리고, 다른 믿음을 선택하기에는 자신이 지금까지 걸어온 길이 너무 허무하고 보잘것없이 여겨질 테니까요.

때론, 눈치 없는 사람들을 보게 될 때도 있죠. 그런 사람들은 항상 어떤 옹졸함을 가지고 있어요. 그들은 아닐 거라고 하지만, 마음에 쌓아두고 있는 어떤 옹졸함을 지니고 누군가에게 돌려 주어야겠다고 생각하는 거죠. 그러나, 그들은 인정하지 않을 거예요. 자신이 옹졸하다는 사실을요. 그들은 어떤 피해의식이 있어요. 불행은 왜 항상 나에게 와서 나를 괴롭히는 것일까? 그 생각이 많아서 옹졸해지는 것이죠. 그래서 그들은 스스로가 지금 상황에서 옳음을 비켜 가려고 하고 있어요.

너무 옳음을 내세우는 것도 상황에 따라서는 좋지가 않잖아요. 때로는 굽힐 줄도 알아야 하며 자신이 알고 있는 옳음이라고 하더라도 그것을 내세울 만한 상황이 아니라면 그저 침묵하고 받아들일 줄도 알아야겠죠. 그런 준비가 되어 있는 사람들이 눈치가 있다는 거예요. 근데, 옹졸한 사람들은 그런 준비가 안 되어있어요. 어떤 상황에서도 자신의 의견을 내세우려고 한다는 거죠. 그건 자신의 마음에 여유가 없어요. 아까 얘기했듯이 불행을 항상 자신이 짊어져야 한다는 생각이, 그것이 본능 깊숙한 곳에 자리 잡고 있기 때문이죠. 자신이 많이 베풀려고 노력해도 그 사람들은 베풀지 못해요. 무언가를 베풀다가도, 자신만이 오로지 헌신하고 있다고 생각하니까요. 근데, 그곳에 있는 다른 사람들도 다 헌신하는 부분들이 있거든요. 그런 것들을 잘 모른다는 거예요.

7월 31일

연극에서 만난 친구 송진모 씨

진모 씨, 잘 지내시죠? 어차피 우리 계속 연극 연습에서 만나
긴 하지만요. 진모 씨가 저번에는 저에게 꽃을 주는 연기를 하
셨었죠. 저는 꽃을 보면 그런 생각이 나요. 꽃은 항상 우리의
마음속에 숨겨둔 낭만을 보게 하는 것 같다는 생각이요. 누구
나 낭만을 만끽하고 싶어 하는 마음이 있어서 꽃을 보면 누구
나 아름답다고 말할 수 있는 것 같아요. 모두가 낭만을 간직하
고 싶어서가 아닐까 싶어요. 소중함에 대해서는 저도 항상 잊어
버리는 것 같아요. 나중에 진모 씨가 알려주실래요? 제가 소중
함을 잃지 않을 수 있도록 말이에요.

진모 씨의 편지를 보면서 자기혐오에 대해서 깊게 생각해 보
았어요. 사람들에게 자기혐오를 느끼고 싶어 하지 않는 마음이
있겠죠. 사람들은 누구나 자신의 옳음이 누군가에게나 긍정적
으로 받아들여지게 되길 바라니까요. 근데, 자신의 생각이 다
른 사람에게 타당성을 잃게 돼버리면, 자기혐오를 느끼게 되겠
죠. 그래서 나름대로 인품에 대해서 생각도 하고, 명예에 대해
서도 생각도 하고 그렇잖아요. 자기혐오를 끈질기게 싫어한다

면요. 모욕을 당하는 것 같은 기분도 들고요. 근데, 사람들은 한편으로는 이중성을 가지고 있어요. 인품을 위해 나아가야 한다는 것은, 결국에 많은 사람들을 위해서 자신을 희생한다는 것을 의미하거든요. 그래서 사람들은 옳음에 귀찮음이 있다는 것을 안다기보다도 많은 사람들과 언쟁도 해야될 지도 모르고, 게다가 그렇게 희생하면서 사는 것에 남는 것이 정말 있을까? 라는 생각도 하게 되죠. 결국에 그것은 비극이라고 예상하는 거예요.

사회에서 그저 웃으면서 인사만 하는 사람들만 만나고 헤어져도 이상하게 그런 사람들에게 궁금함이 남아요. 이 사람들은 무엇을 하는지, 왜 저렇게 즐거운 거지, 저 사람은 저렇게 웃으니까, 나도 저 웃음에 보답을 해 주어야겠다. 그래야 저 사람도 나와 같은 기분을 돌려받을 수 있겠지. 이것은 당연한 거야. 나는 마음의 빚을 짊어지게 되었어. 이 채무감에서 벗어날 수 있는 방법은 오직 하나, 내가 받은 대로라도 조금이나마 돌려주어야지. 나도 환하게 웃음을 주어서 마음의 빚을 지지 않을 거야. 뭐 이런 생각을 하게 된다는 거죠.

적절하게 거리감 있게 사람들과 어울려도 위에서 말한 것처럼, 좋은 이미지로 남을 수도 있는데, 사람들에게 소외당할 일도 없는데, 눈치가 없는 사람들은 거리감을 스스로 가깝게 만들어요. 그러면 사람들과 언쟁이 나오기도 하고, 갈등이 생기기도 하죠. 진모 씨의 말처럼 불행을 자신이 항상 짊어져야 한다는 이야기를 읽어 보니, 눈치가 없는 사람들은 거리감을 유지하면서도 사람을 만날 때 불안감을 느낀 거예요. 그들은 항상 불행해지는 것을 원치 않으려고 하겠죠. 그리고 거리감을 좁히려고 노력하면서 눈치가 없어지죠. 물론, 인간관계가 점점 가까워지면서 친해질 수도 있지만, 상황을 보고 고려도 하고 그래야 하는 거잖아요. 한데, 진모 씨, 알아두어야 할 것이 있어요. 우리가 생각하는 것은 모두 절대적이지는 않아요. 그런 것 같다는 이야기죠. 눈치가 없는 사람들이 모두 다 그런 이유는 아닐 거예요. 저도 다만, 제가 겪은 일을 토대로 말하는 것이며, 진모 씨도 그걸 염두에 두셔야 해요.

8월 5일
고마운 사람 강지은 씨

지은 씨의 편지를 보니까, 제가 정말 나중에라도 꽃을 전해주고 싶다는 생각이 드네요. 지은 씨가 오로지 낭만을 간직할 수 있게 말이에요. 그러면 제가 지은 씨에게 소중함을 잃지 않게 해드리는 거라고 생각해도 되겠죠.

저도, 경우의 수는 항상 열어두려고 해요. 관점을 어떻게 놓고 봐야 하는지가 관건일 수도 있으니까요. 눈치가 없는 사람들에 대해서 지은 씨의 편지를 보니까, 다른 생각이 떠올랐어요.

바로 그건, 그들이 마음의 빚을 잘 모른다는 거예요. 어떤 말을 하면, 그 말이 어떤 영향을 주어서 그 사람의 마음에 상처가 되는지, 혹은 갈등이 생길 수 있는 말들은 무엇이 있어서 피해야 하는지, 하지 말아야 하는 말들은 하지 말아야 하니까요. 그들은 그저 말하는 것 자체에 너무 빠져 있는 건지도 모르죠. 말하는 것 자체에 빠져 있을 것이 아니라, 정말 영혼이 교류하는 대화를 해야, 대화가 진행되는 건데, 그들은 영혼이 대화하는 것을 잘 모르는 거예요. 그저 사람을 만나니까, 반가워서 인사하고, 자신이 그저 사람이 좋아서 이런 얘기도, 저런 얘기도 하고 싶은 거죠. 다른 사람이 어떤 입장에서 그런 말들을 받아들일지는 고려하지 않고 말이에요.

그렇다고 사람이 눈치만 보고 살 수는 없잖아요. 그러면 여기에서 사람들이 모두 다 비난하더라도 자신은 떳떳하다, 남을 신경 쓰지 않을 것이라는 것을 고수하면서 사는 사람들은 대체 무슨 힘이 있어서 그럴까라는 의문이 남게 되네요.

그건 아주 간단해요. 옳음을 상대방에게 얘기해도 상대방은 이해하지 못하니까요. 사람들은 이해하지 못해요. 사람들은 의외로 간단하게 살아가고 있어요. 자신이 살아온 생활패턴에서 그럴 것이라는 것을 가지고 있죠. 그리고 사람들은 그것을 어떤 사고회로에 가지고 있다고 보는 거예요. 그리고 그와 비슷한 말들만 발생하였거나, 혹은 그 일을 들었다면 솔깃해서 그곳에 현혹되어 버리죠. 그 말이 진정 무엇인지 알고서 그 말에 현혹되는 걸까요? 아니요. 그렇지가 않아요. 그렇게 무엇이 옳은지도 깊이 있게 생각하진 않아요. 그래서 잘 이해를 못 하죠. 한데, 다른 사람들이 그렇게 비난하는 일에도 자신 혼자서만 떳떳하다면, 그것은 무엇일까요? 자신만의 믿음을 찾아낸 거예요. 사람들은 누구나 자신만의 믿음을 자신만의 옳음을 나타내려고도 할 수 있어요. 다만, 시도하는 것이 정말 어렵죠. 그건 다른 사람들이 인정을 해주지 않아도 자신은 충분히 괜찮다는 것이죠. 다른 사람들의 인정이 얼마나 보잘것없는지, 모든 사람들이 비난해도 자신의 떳떳함을 고수하는 사람들은 이미 모든 사람들의 비난이 자신에게는 상관없다. 그러니까 나에 대해서 어떻게 생각해도 좋다고 생각하는 거죠. 남이 비난하더라도 자신만은 괜찮다고 생각하는 사람들은 마음의 빚이 무엇인지 알고 있으며 그렇게 하더라도 마음의 빚이 발생하지 않는다는 것을 알고 있다는 거예요.

8월 11일

연극에서 만난 친구 송진모 씨

어머, 라는 말이 나올 정도로 공감이 많이 되는 글들을 저번에 받았어요. 저도 사람들의 눈치를 많이 보고 지낸 적이 있거든요. 그래서 하고 싶은 말도 잘 하지 못할 때가 있었죠. 그러다가 진실은 그것이 아니라고 말하며 떠들고 싶은 사람들은 얼마든지 떠들라고 하고 싶을 때가 있었어요. 일일이 얘기하고 변명하는 것도 귀찮으니까요.

사람들은 어떤 모욕을 하거나 비난을 하게 되면, 그것이 자신에게 안정감이 된다고 생각하는 것 같아요. 적어도 상대방을 그렇게 비난하면, 자신은 비난을 받지 않을 거라 생각하는 거겠죠. 칭찬이나 잘된 것에는 인색하면서도 비난하길 선호하는 사람들도 있으니까요.

그러고 보면, 자신이 진정 좋아하는 것을 찾고 그것을 실행하는 것이 얼마나 어려운 일이 될 수 있는지를 다시 한번 생각하게 돼요. 자신이 무언가를 좋아하거나, 선호하는 것을 얘기할 때, 사람들의 비난을 각오해야 해야 하는 일들이 더 많은 것 같아요. 정말 어떤 일을 좋아한다면, 더욱 비난받을 일도 많겠죠.

모든 비난을 견디고서도 좋아하는 일을 하려면 그만큼 용기가 더 많이 필요하고, 자신에 대한 믿음도 강해야 하고, 마음의 빚을 지지 않는 법을 확실히 숙지하고 있는 것이 좋을 것 같아요.

과학이 발달된 것만큼 철학은 철저히 무시당하고 있어요. 그 것은 사람들에게 진정성을 점점 잃어버리게 하겠죠. 자연은 파괴되었고, 지구는 온난화에 시달리며 인간의 이기심은 더욱 선명하게 드러나고 있어요. 그럴수록 사람들은 더 과학에 의존하려고 해요. 조금 더 진정성 있게 사람을 생각해 줄 수는 없을까요? 그저 눈치만 보고 정해진 대로만 사는 것이 아니라 정말 자신이 긍정하는 것이 무엇인지 적어도 외칠 수 있는 목소리를 스스로 제한하면 안 돼요. 사람들은 누구나 하고 싶은 말이 있어요. 그것을 스스로 제한하려 든다는 거예요. 사실 무엇에 속았는지 남 탓을 할 것이 아니라, 자신이 조금 더 책임감 있게 나아갈 수 있는 소신을 만들 수 있는 에너지 자체를 스스로 포기한 거잖아요.

8월 17일

친애하는 강지은 씨

연극도 이제 거의 2/3가 지나가네요. 연극에서의 만남이 하루하루가 소중하고, 사람들과 연극의 장면들을 찍을 때마다 제가 틀려서 다시 찍게 될까 봐 조심하게 될 때도 있어요. 그래도 대사가 정확하게 맞지 않더라도, 틀리더라도 그냥 넘어가 주셔서 감사할 때가 많습니다.

지은 씨와 편지하면서 지낸 시간들은 결코 잊지 못할 거예요. 한데, 이상하게 오늘 편지를 쓰는데, 왜 다시는 답장이 안 올 것 같다는 생각이 드는 걸까요? 이상해요. 지금까지 답장을 받았는데도, 답장이 오지 않을 것 같다는 그런 느낌이 들어요. 답장이 오지 않고, 지은 씨가 어디로 숨어버리면 저는 어떻게 해야 하죠? 제가 앞으로 할 수 있는 일에 두려움이 더 많아질 것 같아서요.

제가 살아가는 데 지은 씨와 했던 이야기는, 저에게 제 눈으로만 바라보는 모든 것들을 벗어나서 눈으로 볼 수 없는 그 이상의 세계를 볼 수 있는 힘을 줄 것이며, 그것들은 제 삶에 영원히 살아 있을 거예요.

옳음에 대한 얘기로 보낸 지난 시간들이 너무 소중해서 저는 지금도 감동에서 벗어나지 못할 때가 많아요. 그리고 연극에서 지은 씨를 볼 때면 지은 씨의 웃음은 저에게 많은 의미를 주었어요. 마치, 지은 씨는 계속 저에게 다가오라고 얘기하는 것 같았어요. 그래서 더 많은 옳음에 대한 이야기를 고민하자고 말이에요. 저만의 착각일까요?

사람들은 옳음을 얘기하는 자리에서도 그름을 얘기할 수도 있는데, 왜 사람들은 옳음을 얘기할까요? 어찌 보면 굳이, 옳음을 얘기할 필요가 없다고도 생각이 들었거든요. 한데, 사람들은 옳음을 얘기하며 그름을 책망하고 무엇이 잘못되었는지를 짚어주는 일들을 한다는 거예요. 그것은 더 이상 사람들이 비애와 불행의 고통을 겪지 않게 하기 위해서, 사람들에게 피해나 손해가 가는 일이 발생하지 않기 위해서, 사람들에게 옳음으로 기쁨을 주기 위해서, 그리고 인류를 위해서 무언가를 하는 사람이 되고 싶어 한다는 거예요. 개개인의 옳음이 서로 다르지만 아름다운 조화를 이루고, 사람들에게 도움이 되면 서로가 지향하는 옳음의 하나하나가 결국은 인류를 지키는 일이 될 거라고 생각해요. 그리고, 제가 믿고 싶은 옳음도 그런 역할을 할 수 있게 되겠죠? 다 지은 씨의 도움 덕분이에요. 지은 씨랑 오랫동안 편지를 하고 싶어요.

제2부

1.

나는 요즘에 하늘을 나는 것처럼 마음이 들뜨고, 무언가를 보더라도 더욱 소중하게 생각하려고 노력하는 자세가 생겨났다. 연극에서 만난 지은 씨하고 주고받은 편지들은 은밀하게만 느껴졌고, 거기에서 새롭게 만들어진 나의 자아가 예전부터 지금까지의 나의 자아를 보살펴주고 있는 것처럼 느껴졌다. 지은 씨가 나에게 준 편지는 그만큼 값진 의미를 알려주었고, 나의 삶, 나의 행복, 나의 명예, 나의 영혼 그 모든 요소들에게 큰 감명을 주어 나에게 큰 영향을 미쳤다. 나의 새로운 세계관을 구축하는 것에 말이다. 새로운 세계관을 구축하다 보면, 세상을 보는 시각은 달라지고 그것으로 인해 맺어지는 인연도 더욱 소중하게 생각할 수 있을 것이다. 나는 집에서 나와 마트로 가서 오늘 먹을 것들을 사기로 했다. 나는 마트에서 물건을 사고 오는 길에 핸드폰에 문자가 온 것을 볼 수 있었다. 친구 준수가 우리 집에서 나를 기다린다는 문자였다. 나는 지금 마트에서 장을 보고 집에 갈 테니까 조금만 기다려달라고 문자를 보냈다.

준수는 집에 가끔 놀러오기도 했었다. 그에게서 나의 독립성을 주장하고 싶을 때가 있었지만, 나는 꾹 참고 있었다. 나의 독립성을 주장하면 그는 크게 상처를 받을 것 같았다. 사실 연극 하면서 요즘에 얼굴을 본 적은 없었다. 준수는 나하고는 다른 대학에 갔지만, 그는 자퇴하지는 않았고, 계속 다니고 있었다. 내가 자퇴했다는 소식을 친구들 사이에서 듣고 아무래도 나를 찾아온 것 같았다. "오랜만이야!"준수는 나를 보고는 웃으며 내가 가지고 온 장바구니를 들어주었다. 나는 집에 있는 차를 끓이기 위해 커피포트기에 물을 넣었고, 물을 끓였다. 준수는 00차를 선택했고, 나도 준수와 같은 00차로 준비했다. 준수는 요즘 내가 뭐 하고 지내는지 물어보았고, 나는 자퇴를 하고 나서 직장에서 일하다가 지금은 그만두고 연극 연습을 하고 있는 이야기 등을 했다. 준수는 내 말을 들었다. 준수는 내가 하는 말을 듣고는 깜짝 놀랐다. 서신을 주고받으면서 지은 씨와 깊은 이야기를 한다는 것 자체를 믿지 못하는 것 같았다. 그도 그럴 것이 요즘엔 핸드폰과 인터넷의 발달로 인해서 그렇게 서로 서신을 주고받는 것 자체를 이해를 못하는 것이었다. 나는 지은 씨와 깊이 있는 얘기를 주고받았다고 얘기했다. 그런데, 그의 표정은 어딘가 모르게 떨떠름한 표정을 짓고 있었다. 아무래도 그는 자신의 옳음을 나에게 많이 주입하고 관철하면서 살아와서 그런지, 그런 자리를 빼앗긴 것은 아닐까 하는 표정이었다.

준수는 그녀가 어떤 사람인지 얼굴을 한번 보고 싶다고 했다. 어차피 도서관에서 일하는 사람이라면 몰래 가서 보고 와도 상관없겠지라는 말을 나에게 했다. 근데, 나는 도서관에 가기가 왜인지 조금 껄끄러웠다. 준수에게 보여주기 위해서 준수와 동행하여 그녀를 보게 한다는 것이 그녀를 보러가는 것이 올바르지 못한 행동이라고 생각했다. 게다가 그녀는 일을 하는 것이지, 놀고 있는 것도 아닌데 말이다. 준수는 계속 괜찮다고 말했다. 그도 그럴 것이, 어차피 얼굴만 보고 오는 거라서 굳이 그녀에게 피해가 가는 일은 없다고 했다. 나도 얼굴 정도는 누구인지 준수에게 확인을 해주고 싶었다.

준수하고 나는 밖으로 나왔다. 나는 준수가 도서관에서도 정말 얼굴만 보고 나와야 하며 그녀에게 말을 건다거나 나의 친구라든지, 그런 소개는 하지 말자고 재차 이야기하며 얼굴만 그저 얼굴만 확인하고 오자고 몇 번이나 얘기했다. 도서관에서 일하고 있는 지은의 모습을 보게 되었다. 나는 몰래 그러니까, 그녀기 나를 보지 못할 정도로 피해 있으면서, 그녀의 시선에서 절대로 나를 파악하지 못할 정도로 나를 숨겼고, 그리고 준수에게 누구인지 말해주었다. 준수는 누구인지 파악을 하더니, 갑자기 그녀에게로 다가갔다.

준수의 너무 순간적인 행동이라서 나는 미처 말리지 못했다. 그때 나의 심장은 콩닥콩닥 뛰고 있었으며, 심한 죄책감에 사로잡혀서 뒤로 더욱 피해서, 그녀가 절대로 알아보지 못하게 도서관 문을 뛰어나와 버렸다. 조금 뒤에 준수도 밖으로 나와 버렸다.

나는 준수에게 황급히 달려와서는 그의 손을 붙잡고 더 먼 곳으로 데리고 갔다.

"아니, 갑자기 지은 씨에게 다가가면 어떡해?"

"뭐, 어때. 그냥 OO책이 있는지 물어보았지 뭐."

"그랬더니 뭐래?"

"OO책들은 검색하는 컴퓨터가 있는데, 거기에서 검색하라고 하더라고."

준수는 별일 아니라고 재차 나에게 얘기했다. 별일 아니니까 걱정하지 말라고 말이다. 준수는 지은에게 자연스럽게 얘기해도 되었을 문제라고 했다. 자연스럽게 지은에게 다가가서 인사를 하고 준수와 나의 사이를 얘기해도 된다고, 지금처럼 이상하게 호들갑에 떨고 있을 문제가 아니라고 말이다. 나는 그만큼 지은에게 신경 쓰이는 게 많았다.

준수는 그 후로 자기 집으로 가봐야겠다고 집으로 돌아갔다. 나는 집에 가기 전에 문구점에 가서 지은에게 쓸 편지지를 사기로 했다. 예쁜 편지지를 고르기 위해 나는 편지지에 대해서 점원에게 어떤 편지지가 잘 나가는지, 여성들이 좋아할 만한 편지지는 무엇인지 물어보기도 하면서 1시간 정도 고민한 끝에 편지지를 샀다.

나는 집에 와서 지은에게 쓸 편지를 정성스럽게 썼다. 우체국에 가서 편지를 부치러 갔다. 나는 번호표를 뽑고 내 차례를 기다렸다. 요즘에 편지를 부치러 온 사람들은 많이 없나 보다. 대체로 우체국 택배를 이용하는 사람들이 많이 있었다. 그리고 국제우편으로 빠르게 보내는 ems를 이용하시는 분들도 보였다. 나는 지은에게 편지를 보냈고, 답장이 올 날을 기다리고 있었다.

지금까지 지은 씨가 보내준 답장을 나는 하나도 남김없이 보관하고 있었다. 그리고 시간이 날 때도 나는 한 번씩 읽어보고는 했었다. 그녀의 손으로 직접 써준 그녀의 글씨들은 내 눈에 차례로 들어왔다. 지금 내 눈을 관찰한다면 아마 반짝반짝 빛나고 있을 것이다. 지은 씨를 생각할수록 내 마음은 그녀에 대한 생각으로 가득해지고 내 지친 영혼은 스스로 치료를 하는 것처럼 느껴졌다. 어떤 일이라도 할 수 있을 것 같은 기쁨으로 가득 차고, 어떤 무례함을 만나더라도 관대함을 주어 무례한 사람이 스스로가 도덕성이 결여되었다는 것을 스스로 깨닫게 해줄 수 있을 것 같은 그런 태도의 관대함을 줄 수 있을 것 같았다. 나에게 지은 씨는 그런 존재로 자리 잡고 있었다.

한데, 며칠이 지나도 지은 씨의 답장은 돌아오지 않았다. 처음에 답장이 오지 않았을 때는 내일이면 오겠지 하고 생각했지만, 지은 씨의 답장은 오지 않았다. 나는 준수에게 부탁을 했다. 그녀가 일하는 곳에 가서 그녀가 일하는지, 아직도 도서관에서 일하는지, 좀 알려 달라고 말이다. 물론, 나는 아직 그녀를 연극하는 곳에서 만날 수 있었지만, 나는 그녀에게 다가가서 그녀에게 왜 답장을 안 해주시는 거예요? 라고 물어보지는 못했다. 준수는 알았다면서 도서관에 가서 그녀가 아직도 도서관에서 일하는지 알아봐 주고 오겠다고 했다. 그 외에도 나는 준수에게 그녀가 무슨 특이한 점이 있다면 말해달라고 했는데, 그런 것은 얘기하지 않아도 친구로서 알려주는 것이니 굳이 말하지 않아도 된다고 했다. 준수는 아직도 도서관에서 그녀가 일한다고 했다. 그렇다면, 그녀는 도서관에서도 일을 하고 있고 연극도 잘 나와서 연습을 한다는 소리다. 한데 나에게 편지는 왜 써주지 않는 것인지, 나는 불안해지기 시작했다. 내가 무슨 잘못을 한 것은 아닐까? 라는 생각도 들기도 했다.

　나는 꿈에서도 그녀의 답장이 오는 꿈을 꾸기도 했다. 그녀가 답장하는 내용에는 나에게 참된 길을 알려주는 옳음의 지표가 무엇인지 그녀의 참된 통찰은 나의 영혼을 새롭게 해주고 내가 세상을 바라보는 눈에 맞게 옳음의 안경을 찾아주었다. 나는 그녀와 함께 하늘을 날고 있었다. 그녀는 나에게 더 높은 곳을 날아보자고 손짓하였고, 나는 그녀의 손을 따라서 하늘 위로 더 높이 날아갔다. 나는 하늘에서 더 높은 하늘에서 구름을 잡았고, 구름에서 솜사탕을 만들고 그녀에게 주었다. 그녀는 구름을 먹었고, 구름으로 아이스크림을 만들어 나에게 주기도 하였다. 나는 구름으로 만든 아이스크림을 먹었고, 달콤함에 모든 아픔이 씻겨서 내려가는 것 같았다. 옳음을 구하기 위한 고통스런 마음이 하늘로 증발하면서 나는 새로워지는 것 같았다. 뱀이 허물을 벗듯이, 나는 새로운 믿음이 생겨났다. 발견한다면 무엇을 발견한다면 이보다 더 좋은 발견이 있을까? 라는… 마치 좋은 발견을 하면 사람에게 말해서 그 발견을 서로 나누어야 한다는 기필코 이 발견만은 사람에게 알려야겠다는 심정은 마음속에서 나의 영혼을 정화하는 힘을 부여하는 것 같았다. 나는 꿈에서 깨어났다. 나는 나도 모르게 눈물을 흘렸다. 이 눈물은 카타르시스를 느끼는 증거였다.

나는 서둘러 준수에게 연락을 했다. 오늘 내가 도서관에 꼭 가서 지은 씨에게 할 말이 있으니 오늘은 도서관에 나오지 말아 달라고 말이다. 나는 그녀에게 나하고 준수가 같이 있는 것을 보여주고 싶지 않았다. 나는 서둘러 도서관으로 향했다. 도서관을 둘러보았으나 이상하게 그녀가 보이지 않았다. 그녀는 대체 어디로 가버린 것일까? 나는 다음날에도 도서관에 가보았다. 역시 그녀는 없었다. 나는 도서관 직원들에게 물어보기로 했다. 도서관 직원들은 그녀는 갑자기 일을 그만두었다고 했다. 일을 그만두었다고 해도 연극 연습 때는 만날 수 있을 것이다라고 생각했다. 한데, 연극 연습에서도 그녀는 보이지 않았다. 나는 그래도 연극을 시작하면 그녀를 볼 수 있겠지, 조금 늦게라도 볼 수 있겠지 하고 생각했지만, 그녀는 오지 않았다. 연극 연습이 시작되고 조금 있다가 연극을 지도해주시는 선생님이 그녀는 이사갔다고 했다. 이사를 해서 이제는 더 이상 연극 연습을 할 수가 없다고 했다. 나도 연극 연습을 그만둔다고 말했다. 지도해주시는 선생님은 주인공들이 빠졌으니 연극을 어떻게 해야 하냐고 얘기하셨지만, 나는 그저 죄송하다는 말만 했다. 나는 이제 다시는 그녀를 만날 수가 없다는 생각이 들었다. 앞으로 어디에서 그녀를 만나야 하나 하는 생각은 나를 괴롭게 만들었고, 답답함은 나를 숨을 쉴 수가 없을 정도로 그러니까 모든 공기가 나를 허락하여 내가 숨을 쉴 수 있는 것인데, 그 공기가 나를 허락하지 않는 것처럼 느껴졌고, 그것은 나에게 답답함으로 심장을 조여왔다. 내가 숨 쉬는 것을 막고 있는 것 같았다. 준수가 떠올랐다. 지금 상황에선 무조건 준수하고 대화를 해야만 했다. 그래야 나의 이 답답함에서 벗어날 수 있을 것만 같았다. 나는 서둘러 준수에게 전화를 했고, 준수와 만났다. 준수는 앞으로 지은 씨를 만나기가 어려울 것 같다고 얘기했다. 물론, 나도 같은 생각이었다. 근데, 준수는 뭔가 할 말이 있는 것 같았다. 나는 그것을 물어보고 싶었다. 갑자기 그 순간 그가 말했다. "사실, 그녀는 금지구역으로 들어갔어." 아니 금지구역이라니, 금지구역이라니 그게 무슨 소리 인가. 나는 그게 도대체 무슨 소리인지 몇 번씩이나 되물었다. "진 정해, 시금 대화 자체가 안 되고 있잖아. 홍분을 좀 가라앉히라 고!" 그는 격앙되어 있는 나의 표정과 떨고 있는 나의 몸을 보았는 지, 재차 진정하라고 얘기했다. "도서관에 금지구역이 있었어. 그 책들은 아무나 열람 할 수 있는 책들이 아니라고!" 나는 그의 말을 듣고는 자리에 그만 털썩 앉아버렸다. 그랬다. 생각해보니, 그녀의 편지들에는 너무나 쉽게 나를 파악할 수 있는 내용들이 너무 많았 다. 나보다는 훨씬 해박한 지식으로 나를 깨우처 주고 인도해주는 그녀는 정신적으로 너무 성숙한 것이었다. 분명 그녀의 지적 능력 은 상당한 수준에 있는 것이 분명했다. 그녀의 옳음에 도움을 준 건 금서가 틀림없었다. "금서라니, 금서라니." 믿을 수가 없었다.

"한데, 그녀가 언제 금서를 보러 들어간 건지?"

나는 너무나 궁금했고, 가슴이 답답해지기 시작했다. 그래서 준 수에게 재빨리 물었다.

"그건 나도 알 수가 없어. 그래도 최근이지 않겠어."

그는 나를 보더니만 대답했다.

"몰래, 들어갔겠지?"

"그래, 그건 몰래였다고 봐야 해."

"그렇다면 '몰래'라는 의미는?"

"그녀는 경찰에 쫓기는 몸이라는 거지."

충격이었다. 금서를 몰래 보고 그리고 경찰에 쫓기는 몸이라니, 도대체 내가 어떻게 그것을 감당해야 한단 말인지.

"대체 준수, 너는 그런 사실들을 모두 어떻게 알게 된 거지?"

나는 뭔가 이상하다 싶었다.

"얼마 전에 사실, 나는 경찰조사를 받았어. 어느 경찰이 나에게 와서 조사를 한다고 하였지. 그녀랑 나와 무슨 관계였는지 말이야. 그녀는 어디론가 잠수를 탔다고 하더군."

"잠수라니, 한데 경찰조사는 언제 받은 거지?"

"나도 경찰조사 받은 지가 얼마 안 돼."

"설마 먼저 조사를 받고, 지금 와서 말하는 건 아니겠지?"

나는 뭔가 그래도 조금 더 일찍 나에게 그가 말할 수 있었는데 말하지 않은 것 같은 느낌이 들었다.

"조금 더 일찍 말 할 수도 있긴 했었는데, 미안해."

"왜 나에게 먼저 말하지 않았지?"

"네가 충격에 빠질까 봐… 사실 말을 하지 않으려고 했는데, 네가 너무 실망하고, 침울해하는 것 같아서 지금에서야 말하는 거야. 다른 이유는 없어."

"충격이라고? 도저히 이해가 안 가. 어릴 때부터 너는 나에게 항

127

상 그랬지. 항상 나를 위한다고 하고, 무엇이라도 챙겨줄 것처럼. 나를 불쌍하게만 생각해온 것 같아."

"지금 무슨 소리야? 다 너를 위해서야. 난 어릴 때 너에게도 잘해 준 건 네가 사람들로부터 비난과 웃음거리가 되지 않기 위해서였어. 어떻게 그걸 불쌍하게만 생각해왔다고만 생각할 수 있는 거지."

"그래? 내가 불쌍해서 그런 것은 아니었다고 말하는 거야? 지금 순전히 그러니까 모든 것이 비난과 웃음거리에서 나를 진정으로 구해주고 싶은 마음뿐이었던 게 맞는다고 말하고 싶은 거야?"

"글쎄, 나도 너를 불쌍하게 생각했던 마음이 없었다고 말할 순 없겠지. 하나 그것만이 전부는 아니었다는 거야. 왜 나를 비난하려고 하는 거지? 지금 나에게 모욕을 줌으로써, 지은 씨하고의 문제가 모두 내 탓이었다고 말하고 싶은 거야?"

"아니, 지은 씨의 문제는 누구의 문제도 아니지만, 항상 준수 너는 지나치게 나를 위한다는 마음이 자리 잡고 있어. 나도 내 일쯤은 스스로 할 수 있다는 거야. 나를 위한답시고 구는 너의 행동들은 정말 하나도 마음에 들지가 않아."

"그런가. 왜 이제야 그런 소리를 하는 거지? 너는 여태까지 단 한 번도 나에게 이런 식으로 대화를 한 적이 없었어."

"내가 표현을 잘못한 것뿐이야. 이제는 더 이상 이런 바보 취급은 하지 말아줬으면 해. 네가 어리석어 보일 뿐이니까. 네가 나에게 이러는 건 내 생각에 친구로 생각한다기보다는 그저 너의 옳음을 입증하려는 걸로 밖에 보이지가 않아."

"나의 옳음이라고? 갑자기 나에게 왜 이러는 거지? 무엇이 너를 그렇게 만든 거야? 지은 씨 때문인가? 나의 옳음을 입증하려고 했다. 도무지 기가 막혀서 할 말을 다 잃어버리게 만드네."

"그래, 맞아. 나를 통해서 나의 무지함을 통해서 너의 옳음을 다른 사람들에게 입증하고 그걸 토대로 넌 너만의 옳음이 얼마나 위대하고 대단한지 입증하려고 한 거야. 나는 그저 허수아비로 만든 채로 말이지."

"허수아비라. 더 이상 말하고 싶지가 않아. 갑자기 사람을 질려버리게 하네. 나는 오늘도 너에게 전화가 올 것 같아서. 지은 씨의 문제로 나에게 전화를 할 거라고 이미 예상하고 있었지. 물론, 내가 먼저 너에게 전화를 걸 수도 있었겠지. 그러나 나는 그러지 않았어. 지은 씨 문제로 심각하게 예민해진 네가 스스로 나에게 전화하길 기다린 것뿐이야. 이런 얘기를 계속 늘어놓아서 뭘 하겠어. 내가 나의 옳음을 입증하고 싶어서 그랬다고? 너의 그 말 나에게 심각하게 경멸감을 주고 있어."

나는 심각하게 준수하고 얘기하고 있었지만, 갑자기 경찰이 나에게로 다가왔다. 경찰은 나에게로 와서 지은 씨의 문제로 얘기할 게 있다면서 준수에게는 따로 양해를 구했다. 준수는 나에게 인사하고는 그대로 집으로 돌아가 버렸다. 경찰은 나에게서 지은 씨에 대해서 이것저것 묻기 시작했다. 나는 그저 연극에서만 만난 사이라고 대답했다. 아무래도 경찰은 준수하고 얘기를 해본 것 같았다. 그녀하고 나의 사이를 의심하면서 얘기하는 것이 순수에게 무슨 얘기를 들은 것 같다. 나는 그저 그녀하고는 연극에서 만난 사이라고 얘기했다. 솔직히 나는 경찰조사에 그다지 적극적으로 협조하고 싶지가 않았다. 그녀가 금서를 보았다지만, 나는 그녀가 금서를 본 이유를 알고 싶었다. 도서관 사서로 일하면서 금서가 있는 곳은 출입증에 허가를 받은 사람들뿐이라고 알고 있다. 그것은 그녀가 그 출입증을 가지고 있었다는 이야기다. 한데, 출입증이 있다고 해도 금서를 보러 가는 것은 복잡한 절차가 있어야 한다. 그녀는 그 절차를 밟지 않고 자기 멋대로 들어간 것이다. 그리고 들어가더라도 보안이 걸려 있어서 출입증만으로는 어려움이 있는데, 그녀는 그 보안도 통과할 방법을 알고 있다는 것이다. 그것은 엄연히 직권을 남용한 것이다. 게다가 금서가 있는 장소에 함부로 출입하면, 직장을 그만두게 되고, 앞으로 다시 어디 취직하기에도 어려움이 생긴다. 그녀는 스스로 그런 일을 택했다는 것이다. 모든 것이 의문이었다. 그녀는 왜 금서를 보러 간 것일까?

2.

　　나는 오지 않는 편지를 한 통 더 쓰기로 했
다. 어차피 자존심 같은 거 내세우지 않고 버려버리기로 했다. 답
장이 와야 편지를 쓰는 의미도 있는 법인데, 그녀는 나에게 편지를
쓰지 않는다. 그녀의 잠수가, 아니 어쩌면, 경찰이 나를 찾아온 이
유가 편지를 한 번 더 쓰게 했다고 봐야 했다. 그래, 자존심보다도
경찰이 나를 찾아온 이유가 내가 펜을 드는 이유로는 충분했다.
나는 한 글자 한 글자를 써 내려갈 때마다 마음에서는 조급함과
그리고 그녀가 어떻게 지내는지 그리고 정말 지금 괜찮은지 모든
것이 걱정되기 시작했다. 나는 편지를 정성껏 써서 편지 봉투에 넣
었다. 그리고 풀칠도 했다. 나는 집 밖으로 나가서 편지를 보내러
우체국에 갔다. 우체국에서 편지를 보냈다. 집에 가는 길이었다. 핸
드폰이 울렸다. 준수의 전화번호였다. 나는 준수가 나에게 할 말이
있다고 00 카페에서 만나자고 했다. 나도 알았다고 그랬다.

준수는 나보다 먼저 00 카페에서 나를 기다리고 있었다. 아무래도 지은의 이야기를 하고 싶어서 부른 것 같았다.

"그녀는 위험한 사람이야, 위험하다고. 무슨 말이진 알겠어? 수상한 사람이라고. 결국에는 너도 위험에 빠뜨릴 거야."

준수는 아주 큰 소리로 나를 다그치듯이 말했다. 그의 격양된 어조가 나에게 더욱 두려움의 감정을 깨우쳐 주려고 하는 것 같았다.

"그렇다고 해도, 지은 씨가 설마 무슨 수로 나를 또 만나겠어. 만날 일이 없는데 말이야."

나는 이해가 가지 않았다.

"지은 씨가 너의 집 주소를 알고 있잖아."

"맞아, 지은 씨가 우리 집 주소를 알고 있어."

"위험하다고, 조심해야 해."

"그렇다고 설마 집까지 찾아오기야 하겠어."

"설마가 사람 잡는다는 말도 몰라?"

나는 준수의 말을 듣고 생각도 많이 해보았다. 정말 그녀는 어떤 사람인지 나로서도 정말 궁금했다. 준수가 하는 말을 들어보니, 나도 지금까지 그녀하고 주고받은 편지에 그녀의 집 주소가 있다는 것을, 그러니 그녀의 집에 한 번 찾아가 봐도 될 거라고 생각이 들었다. 준수하고 대화하면서 그녀의 집에 찾아가겠다고 생각하게 되었다니, 조금 더 일찍 집을 찾아가겠다고 생각하지 못한 게 바보스러웠다. 그렇다. 나는 주의 깊게 생각하지 못했다. 나는 준수에게 지은과 어차피 편지를 주고받아서 지은의 집을 알고 있으니 한번 같이 가보자고 했다. 준수는 위험하다고 얘기했지만, 그래도 한번 은 가봐야 될 것 같다고 말했다. 나와 준수는 천천히 지은의 집으로 갔다.

지은의 집에 거의 다 왔을 때였다. 그녀의 집 주변을 맴도는 한 남자가 있었다. 뭔가 수상해 보였다. 그렇다고 찾아가서 왜 여기에서 서성이냐고 물어볼 수도 없는 노릇이었다. 나와 준수는 그 남자가 그녀의 집에서 맴돌고 있어서 그녀의 집으로 들어가기를 망설이고 있었다. 계속 그 남자하고 눈이 마주쳤다. 눈을 피하기도 했지만, 그렇다고 계속 이런 식으로 있을 수도 없는 노릇이었다. 준수는 그래도 여기까지 왔으니 문은 두드리고 가야 한다고 말했다. 근데, 이상하게 심장이 두근두근 긴장되고 있었다. 그 앞에 서성이는 남자가 나에게 긴장감과 두려움을 심어주었다. 하지만, 어찌 보면 그 남자가 있더라고 해도 내가 긴장해야 할 이유를 그 남자에게서 찾아야 하는 이유가 있는 것일까? 스스로 생각해 보았지만 그래도 역시나 긴장이 되었다. 나는 다시 생각해 보았다. 그 남자가 나에게 무슨 이야기를 한 것도 아닌데, 나는 왜 긴장하고 있는 것일까? 나는 긴장해야 할 이유가 없다고 스스로 위로하려고 해도 나에게 생겨난 긴장감은 나의 감정을 이미 지배하였고, 나는 그 긴장감에서 한순간도 벗어날 수 없었다. 나에게 생겨난 이 감정은 아마 이 자리를 떠나서 다른 곳으로 가야 없어질 것만 같았다. 아무래도 이것은 그녀가 경찰조사를 받게 되니까, 준수가 말한 그녀는 위험하니까 등의 이야기가 나의 심리를 더욱 압박하고 있어서 그런 것 같다는 생각이 들었다. 준수도 나하고 같이 있는데 준수도 똑같이 긴장하고 있는 것 같았다. 그래도 꼭 문은 두드려야겠다고 여겼다. 나는 준수가 먼저 문을 두드리고 지은 씨가 집 안에 있는지 확인하려고 하는 것 같아서, 아니다 라며 준수의 몸을 붙잡았다. 그리고는 내가 먼저 들어가서 벨도 누르고 문도 두드릴 테니, 여기서 기다리라고 했다. 그래도 내가 지은 씨하고 편지 친구다. 내가 지은 씨의 집으로 향해 걸어갈 때, 그 남자는 나를 더 유심히 쳐다보았다. 나는 애써 그의 시선을 외면하면서 지은 씨 집 앞으로 걸어 갔고, 초인종을 눌렀다.

"딩동딩동"

초인종을 눌러도 아무 소리도 들리지 않았다. 다만, 내가 초인종을 누르자 나를 유심히 쳐다보는 남자는 어느 순간에 사라져버렸다. 내가 초인종을 눌렀을 때, 아무래도 극도로 긴장했는지, 그 남자의 시선을 잊어버렸다. 그녀의 집에서는 아무도 나오지 않았다. 그리고 아무 소리도 들리지 않았다. 나는 초인종을 다시 한번 눌렀다. 그리고 문도 두드려 보았다. 준수가 나를 찾아왔다. 그리고는 그 남자는 초인종을 누르기 전에 사라졌다고 말했다. 나는 내가 초인종을 누르자 사라진 지 알았는데, 준수는 내가 초인종을 누르기 전에 사라졌다고 했다. 그 중간에 시간은 무엇이지? 하긴 그건 그렇게 중요하지 않았다. 나와 준수는 서로 지은 씨의 이름을 불러 보았지만 그녀의 집에는 역시 아무도 없었다.

나와 준수는 다시 우리 집으로 갔다.

"그녀의 집 앞에 있는 남자도 수상해."

준수는 단호하게 말했다.

"나도 그렇게 생각하긴 하지만, 그렇다고 그 남자를 너무 나쁘게 생각할 필요까지는 없지 않을까?"

"그렇다고 착하게 생각할 필요가 있을까? 난 아무래도 그 남자가 경찰이었다고 생각해."

"설마? 경찰이었을 리가 있을까? 경찰이었다면 우리에게도 말을 걸지 않았을까? 경찰은 아니었을 거야. 그래도 경찰일 리는 없어."

"듣고 보니 그렇군. 경찰일 리는 없겠어."

준수는 뭔가 골똘히 더욱 생각에 몰두한 표정이었다. 준수는 나에게 더욱 조심하라고 말하며 돌아갔다.

내가 생각하기에 그녀는 옳음을 알기 위해 금서를 본 것이 틀림없다. 자신이 걷고자 하는 길에 대해서 더욱 정당한 옳음을 구하고 자신을 돌아보며 그렇게 살기 위해서 말이다. 그렇다고 금서까지 볼 필요가 있을까? 그것은 위험한 일이다. 금서를 보면 간첩으로 오해받을 수 있으며, 반국가단체구성죄 등 국가보안법을 위반한 범죄자로 몰릴 수도 있다. 옳음을 구하기 위해 그렇게까지 할 필요는 없다. 옳음을 위해 죽음을 무릅쓰면서까지 노력할 필요는 없다. 나는 집 밖에서 바람을 쐬면서 생각해 보았다. 그녀의 어리석음을 말이다. 물론, 내가 생각하는 것이 아닐 수 있다. 그녀는 다른 목적으로도 충분히 금서를 볼 수 있다. 금서를 보는 이유는 여러 가지가 될 수 있다. 한데, 어떤 이유에서든지 어떤 목적에서든지 금서를 보는 것은 절대로 안 되는 일이라고 봐야 한다. 갑자기 집배원 아저씨가 오셨다. 나는 그 아저씨가 주는 편지를 받게 되었는데, 그 편지는 바로 강지은 씨의 편지였다. 나는 지은 씨의 편지를 그 자리에서 뜯어서 보려고 했으나 집 안에서 읽는 것이 나을 것 같아서 집 안으로 들어와 버렸다. 그리고는 편지를 뜯어서 읽었다. 편지 내용은 간단했다. 나를 만나자는 이야기였다. 00 카페에서 내일 오후 3시에 기다린다는 내용이었다. 나는 편지를 읽고서는 궁금해서 미칠 것 같았다. 갑자기 사라져 버린 긴장감이 다시 나의 심장을 움켜쥐고는 펌프질시켰다. 나는 이 사실을 준수에게 알렸다. 준수는 내일 아침에 우리 집으로 다시 온다고 했다.

똑똑. 준수가 문을 두드리는 소리가 들렸다. 준수가 오는 시간에 맞추어 나는 커피포트기에 물을 올렸다. 나는 저번이랑 같은 00차

두 잔을 준비했다.

"항상 대화하려는 습관을 들이는 게 좋아."

준수가 차를 마시면서 이야기했다.

"대화는 왜?"

나는 준수가 그녀에 대한 이야기를 하려니 생각했는데, 다른 이야기를 하는 것 같아서 놀라서 쳐다보았다.

"대화하다 보면 미처 자신이 생각하지 못한 것들을 얘기하게 되거든. 한데, 사람들 중에는 대화하는 습관을 두려워하는 사람들도 많지. 그들은 자신의 깊은 내면을 고백하는 순간순간들을 잘 알지 못하는 거지. 그저 자신을 숨기면서 사는 사람들이라는 거야. 자신을 숨겨야만 안전하다고 느끼는 거지. 자신의 솔직함을 드러낸다. 혹은, 미처 발견하지 못한 부분을 드러낸다. 그런 건 아예 꿈도 꾸지 못하지. 자신의 몸에 미리 경고를 보내는 거야. 저주가 시작될 거라고 말이지. 그래서 만약 무슨 일이 생겨도 나는 안전해야 한다는 스스로 최면에 빠지는 거야. 자기 최면이지."

나는 준수가 하는 말을 들어보니, 대화하는 것이 얼마나 중요한지 알게 되었다. 전에도 그리고 보면 지은 씨의 편지지에 지은 씨의 집 주소가 적혀 있는 것을 준수와의 대화를 통해서 상기했으니 말이다.

"너, 지은 씨하고 연극하면서 무슨 일이 있었던 거야?"

준수는 나의 눈을 또렷하게 처다보았다.

"난 아무 일도 없었어. 그저 연극을 같이 한 게 전부라고."

"그게 아니지, 너 솔직히 말해봐. 연극하면서 그녀의 매력에 푹 빠졌던 건 사실이 아니야? 그렇지? 그녀는 그런 점을 노리는 게 분명하다고. 너는 이미 그녀에게 마음을 사로잡힌 거야. 그녀는 너에게 아마 무리한 걸 요구할 테지. 자신에게 마음이 있다는 걸 미끼로 말이야. 절대로 그녀의 요구대로 움직여서는 안 될 거야. 그렇게 그녀의 요구대로 움직이다 보면 너는 그녀의 하인이 될 뿐이야. 무슨 말이지 알겠어? 더 강하게 나가라고."

"그래도 그녀의 부탁을 거절할 수는 없어."

나는 단호히 말했다.

"그런가? 그녀에게 마음이 있는 것은 인정하는 거지?"

"부정은 하지 않겠어."

"너는 그녀에게 마음을 빼앗겼고, 그녀의 부탁을 거절할 수는 없을 것 같아. 그러나 무슨 일이든 위험할 거야. 정말 위험할 거라고. 그래도 그 부탁을 들어 줄 거야?"

"그래, 그럴 거야."

"나는 같이 갈 수가 없어. 같이 가기에는 조금 그렇잖아. 너에게 주어진 일이니까."

"알아. 나 스스로 해야 한다는 사실을."

"이제는 앞으로 스스로 할 수 있는 일이 많아질 거야. 내 도움 없이도."

"아니야. 그래도 이렇게 대화할 수 있으니, 더 나아진 것 같아. 정말이야."

"정말 그렇게 생각해?"

"그럼, 당연하지."

"전에는 내가 너를 통해서 옳음을 입증하려고 했다면서 지금은 나하고 대화하여 나아졌다고 하다니, 너는 참⋯"

"그 말은 그런 뜻이 아니야. 네 말대로 대화를 하면서 답을 찾아 갈 수 있어. 그건 누구든지야. 근데 너는 어릴 때부터 내가 할 수 있는 일들까지도 네가 다 방해를 했어."

"내가 방해를 했다. 그래, 정말 그렇게 생각해?"

"응"

"아니야. 너 스스로 할 수 있던 게 아니라, 너 스스로가 계기가 필요했던 거겠지."

"계기라고?"

"그래, 맞아. 계기, 너 스스로 할 수 있는 계기 말이야."

나는 준수의 얘기를 듣고 너무 당황스러웠다. 계기라는 말까지 듣고서 말이다.

"너 스스로 혐오감에 차올라서 독립을 외칠 때까지 말이야."

준수가 이어서 말했다.

"혐오감이라고? 그렇다면 지금까지 아니 어릴 때부터 네가 나를 도와주면서 했던 모든 일들은 나에게 혐오감을 느끼게끔 해준 일들이었어?"

나는 참을 수가 없을 정도로 분노를 느꼈다.

"아니, 그렇지는 않지. 나는 분명 너를 도와주었어. 그건 너에게도 기쁨이 될 수 있겠지. 옳음에 대해서 처음 만나게 되는 순간이었으니까. 그러나 그것은 반드시 기쁨은 아닐 거라는 거야. 너 스스로가 혐오감을 느끼는 순간이 온다면 말이야. 나는 네가 흥분할 거라는 걸 예상했어. 언젠가는 말이지. 그리고 지금, 아니 너는 스스로를 돌보게 된 거야. 너 스스로 해야만 한다는 그래야 너는 스스로가 움직인다는 것을 알게 된다는 거지. 너에게 달려 있는 엔진이 있다면 너는 달려야 해. 남이 뭐라고 해도 말이야. 내가 아무리 경멸감이라고 소리쳐도 동정심을 가져서는 안돼. 어쩌면 넌 나를 통해서 단지 주어진 세계를 그저 긍정하고 싶었던 것이지. 그러나 그녀를 만나고 나서 넌 많이 달라졌어. 그녀와의 편지는 네가 스스로 생각하고 깨달을 수 있는 고민의 계기가 되었을 테니까. 너의 영혼에는 계몽하고 싶다는 의지가 있고 너에게 잠재된 이성의 눈이 떠지기 시작하면서 넌 나를 다시 보게 될 날이 오게 될 거야. 너의 마음에서 진정한 모험을 알리는 운명의 종소리가 울려 퍼지

면서 자기 인식에 진정한 생명을 부여할 것이고 너를 너답게 만들
수 있다는 확신을 찾을 수 있을 테니까."

나는 그가 말하는 것이 무엇인지 혼란스러웠고 정리가 되지 않
았다. 아무튼 나는 오후 3시까지 가야 한다는 생각 때문에 그 말
에 대한 대답은 하지 않은 채 우리는 차를 마시고는 마무리 시간
을 가졌다.

나는 기다리는 내내 초조해서 견딜 수가 없었다. 시간은 3시인
데 한 시간이나 먼저 와서 기다리고 있었다. 그녀와의 만남. 사실
그녀하고는 두 가지 얼굴로 만났었다. 첫 번째는 연극에서의 만남
과 두 번째는 서신으로서의 만남이었다. 그렇게 두 얼굴로만 만났
지만, 그 두 얼굴이 하나의 얼굴이 된 적은 없었다. 그러나 오늘은
만나면서 두 얼굴이 하나가 된다. 나는 그것을 알 수 있었다. 멀리
서 그녀의 모습이 보였다. 그녀는 모자를 쓰고 나름 얼굴의 노출
을 가린 채로 왔지만, 나는 한눈에 그녀가 누구인지 알아보았다.

"오랜만이네요."

그녀는 방긋 웃으며 나에게 인사했다.

"네, 안녕하세요. 별일 없으신 거죠? 아무 일도 없는 거죠?"

나는 그녀에게 반갑게 인사했고, 그동안에 집을 찾아간 이야기,
경찰이 찾아온 이야기를 해주었다.

"저는 간첩이 아니에요."

그녀는 뭔가 난감한 표정을 지었다.

"대체 무슨 일이세요?"

"사실 전 예전에 남자친구가 있었어요. 그때 연극했을 땐 이미 헤어진 후였는데, 헤어진 후에 연락도 안 되었고, 핸드폰 번호도 바뀌었더라고요. 그러더니만 연락이 왔었어요. 만나자는 이야기였어요. 그래서 만났었죠. 저에게 부탁을 하는 거예요. 금서를 가져다 다 달라고. 금서가 꼭 필요하다는 얘기였어요. 저에게 출입증이 있으니 들어가서 꼭 가지고 와 달라고 말이에요. 저는 안 된다고 했었어요. 금서는 가져다줄 수 없다고 말이에요. 한데, 계속 부탁을 하는 것을 거절할 수가 없었어요. 그리고, 금서를 가져다주면 금방 돌려준다고 해놓고서는 시간이 지났는데도 돌려주지 않았어요. 게다가 지금까지도 연락이 안 되는 거예요. 이걸 어떻게 해야 할까요?"

"당연히 지은 씨가 한 일이 아니라고 경찰에 자수해야 합니다."

"그럴 수는 없어요. 경찰은 분명 저를 범인으로 지목할 것이고 제 말을 믿지 않을 거예요."

"그러네요. 제가 생각이 짧았네요. 근데, 이것은 엄연히 누명입니다."

"알아요. 제가 누명이 될 수 있다는 것을요. 그러나 전 예전 남자친구인 그를 신고할 수가 없어서요."

"지은 씨의 남자친구가 지은 씨를 사랑한다고 생각할 수가 없습니다. 의도적인 접근이에요. 분명 이것은 의도적인 접근이라고요."

나는 지은의 남자친구가 있다는 말을 듣고서는 질투를 했었던 건지도 모르겠다. 그러나 질투를 했더라고 해도 나는 지은 씨를 이용했다는 생각만 들었다.

"제게 마음이 있는 것을 알지만, 진모 씨에게는 미안해요."

"아니에요. 괜찮습니다. 저는 정말 괜찮습니다. 그러나 이것은 분명 의도적인 접근이에요."

"아니에요. 그는 저를 사랑해요."

"사랑이라고요? 그는 지은 씨를 이용해서 금서를 절도했어요. 그리고 그 죄를 지은 씨에게 뒤집어씌웠고요. 이것은 엄연히 누명입니다. 어떻게 이런 일을 당하고도 그가 지은 씨를 사랑한다고 말할 수가 있는 거죠?"

나는 도저히 믿을 수가 없었다. 그녀는 분명 속고 있는 것이다.

"그는 금서에서 자신의 옳음을 찾겠다고 했어요. 그래서 나에게도 지혜를 들려주겠다고 했죠. 그것이 불법적인 일일지라도요. 저에게 빛을 선물해주기 위해 자신의 몸을 내던져서라도 지혜를 선물로 주겠다고 말이에요. 그하고도 연극을 하면서도 만났어요. 물론, 그와 서신을 주고받은 적은 없지만, 꽤나 옳음에 진지하면서도 지혜를 위해서는 헌신하는 사람이었어요. 옳음을 위해 게으르지 않으며 자신의 자존심 따윈 옳음을 위해서도 얼마든지 버릴 수 있는 투혼이 있었죠. 그런 모습이 저에게 너무 인상 깊었어요. 그는 항상 지적 호기심에 목말라 있는 사람 같았어요. 자신의 지적 호기심의 목마름을 만족할 수 있는 무언가를 찾게 되면 그 순간만큼은 환하게 웃으며 지옥의 불구덩이에서 괴로워하는 사람마저도 환하게 웃을 수 있는 것이 무엇인지 알게 해주는 사람이었죠. 저는 그에게 항상 빚을 지고 있는 것 같았어요. 그래요. 우리가 편지에서 얘기했던 마음의 빚이요. 어쩌면 그는 사람들에게 마음의 빚 그러니까 채무감을 주는 법을 아는 사람처럼 굴었어요. 실제로도 우리는 사람을 만나면 마음의 빚을 지지 않으려고 노력하니까요. 마음에 채무감을 지는 데 좋아하는 사람은 없잖아요. 그는 나에게도 마음에 채무감을 주었어요. 그래서 그의 부탁을 어쩔 수 없이 들어줄 수밖에 없던 거예요."

"그렇다면, 그는 왜 지은 씨의 마음을 괴롭게 하는 거죠? 지은 씨의 말대로 그가 정말로 지은 씨를 사랑한다면 지은 씨를 괴롭게할 리가 없잖아요. 지금도 괴로워서 저에게 찾아온 건 아닌가요?"

"책을 제때 돌려주지 않았지만, 그건 분명 그가 다른 사정이 있었을 거예요. 저는 그렇게 믿고 있어요. 제가 어떻게 그를 신고를할 수가 있겠어요. 경찰에 쫓기면서까지 자신의 옳음을 구하는 사람인데 저를 배신했을 리가 없어요. 그리고 제가 진모 씨를 부른

144

건 진모 씨가 현명하게 지금 제게 벌어진 일에서 저를 도와줄 수
있을 것 같아서예요."

"제가 어떻게 도와주면 될까요?"

"그는 아마 우리 집 앞에서 저를 기다리고 있을 거예요. 낮 12시
부터 1시 정도까지요. 그는 그 시간에 저를 기다린다고 했어요."

"그래요?"

"네, 그 시간에 꼭 맞춰서 그를 데리고 와주세요."

"네? 아니 그러면 두 분이 그냥 만나면 될 텐데, 왜 제가 그것을
굳이 도와줘야 되는 것인지 이해가 안 가서요."

나는 그녀가 왜 나에게 이런 부탁을 하는지 잘 몰랐다.

"제가 거기까지 가는 동안 경찰이 있을 수 있어요. 지금 만난 것
도 우리 집이랑은 전혀 상관없는 방향에 있는 00 카페라는 거 모
르시겠어요. 그리고 저는 사실 진모 씨를 마음 깊이 신뢰하고 있어
요. 부디 제 마음을 알아주셨으면 해요."

"그리고 보니, 집이랑 이곳은 굉장히 떨어져 있네요. 제가 생각이
짧았습니다. 게다가, 지은 씨가 저를 그렇게 신뢰하신다니, 제가 도
와드리겠습니다. 혹시 이름이라도 알려주실 수 있나요?"

"아, 그의 이름은 유성철이에요. 그럼 잘 부탁드릴게요."

나는 그녀와의 대화를 마무리했고 밖으로 나왔다. 준수 말대로
강하게 나가서 거절할 걸 그랬나 하는 생각이 들었다. 그리고 보니

전에 수상한 남자를 본 적이 있었다. 그 남자가 바로 지은 씨의 예전 남자친구였구나. 그래 맞아. 생각이 났어. 지은 씨의 말대로 예전 남자친구가 정말로 지은 씨를 사랑하고 있다고밖에 생각이 들지 않았다. 사랑하지 않는다면 기다리고 있을 이유가 없으니까 말이다. 그래도 그렇지. 어떻게 매일 매일 그 시간에 기다리고 있는지 이해가 가지는 않는다. 나는 내일이라도 그를 만나보기로 했다.

3.

　　　　　나는 준수에게로 갔다. 준수네 집에 가서 오
늘 있었던 일에 대해서 이야기 했다.

"그렇군. 그렇게 된 거였어."

준수는 심각한 표정을 지었다.

"내일, 그를 만나야 해."

"역시 부탁을 한 게 맞아. 거절할 수 없었을 거야. 이미 그녀는
너의 약점을 틀어쥐고 있어. 네가 거절할 수 없을 거라는 사실이
지. 너는 이미 그녀의 운명에 휩쓸려 있어."

"괜찮아. 그녀를 어떻게든 도울 수만 있다면 말이야."

"난 네가 정말 대단하다고 생각해. 그녀를 사랑하면서도 그녀의 행
복을 진정으로 빌어주니까 말이지. 다른 사람이었다면 행여 그를 어
떻게 해서든 경찰서로 데리고 가서 체포시켰을 수도 있어. 그녀의 입
장이 어떻든 상관없이 말이야. 그러나, 너는 그러지 않았어."

"너라도 나처럼 굴었을 거야. 그녀의 부탁을 거절하라 뭐라 하지만 난 사실 그다지 믿지 않아."

"하하하, 나를 믿지 않는군. 너는 한 번에 부탁을 들어주었겠지. 내 말은 한 번이라도 거절하고 나면 어차피 그녀는 또 너에게 부탁을 하게 되어 있어. 그러면 그때 가서 알았다고 하면 되고, 거절을 하더라도 다음에 네가 다시 만나자고 해서 그 부탁을 들어주면 되는 거 아니야."

"난 별로 그러고 싶지가 않아. 그나저나 큰일이야."

"무엇이 말이야?"

"그를 데리고 온다고 해도 두 사람이 앞으로 계속 도망 다니면서 살 수는 없는 거 아니야. 대체 어떻게 할 생각인지 원."

"자수를 해야겠지. 금서를 본 죄가 그렇게 크지는 않을 거야."

"그게 그렇지도 않아. 잘못되면 정말 반국가단체구성죄로 처벌 될 수도 있어."

"꼭 그렇지도 않은 거 아니야? 잘 해결될 수도 있는 문제잖아."

"두 사람 다 범죄자로 처벌 될 수도 있어."

"그렇겠지. 그렇다면 이제 어떻게 할 생각이야?"

"일단은 그를 찾아가서 만나봐야겠어."

나는 다음날 지은 씨의 부탁을 위해서 그녀의 집 앞으로 갔다. 그는 지은 씨가 말한 시간에 기다리고 있었다. 예전에 그를 처음

만났을 때 긴장했던 적이 있어서 그런지 처음에 다가가 서기가 어려움은 있었지만, 그래도 지은 씨가 이름도 알려주어서 그런지 그에게 그럭저럭 쉽게 접근할 수 있었다.

"안녕하세요. 유성철 씨 되시죠?"

"예, 혹시 누구신지요?"

그는 당혹스러운 표정을 지었다.

"저는… 강지은 씨의 부탁을 받고 왔습니다."

"아, 그러시군요. 지은이는 잘 있나요? 제가 핸드폰을 잃어버려서 그동안에 연락이 안 되었어요."

"아, 그랬군요. 지은 씨는 잘 있습니다. 그녀는 지금 00 카페에서 기다리고 있습니다. 그럼, 지금 바로 00 카페로 같이 동행하셔야 합니다."

"네, 알겠습니다."

그는 나를 따라서 00 카페로 향했다. 그는 지은 씨의 말대로 굉장히 순진한 사람처럼 느껴졌다. 키는 꽤 큰 편이었고, 머리는 짧고 단정하게 잘랐으며, 안경을 쓰고 있었다. 안경은 아마도 자신을 들키지 않으려고 쓰고 있는 것 같았다. 그리고 약간의 근육도 좀 있었다. 그는 주변을 경계하면서 나를 따라왔다. 00 카페에 도착했다.

"다행이야, 아무 일도 없어서."

그가 말했다.

"그럼, 아무 일도 없어."

그녀가 말했다.

나는 두 사람이 하는 얘기를 듣고 있다가 그만 먼저 자리를 떠나겠다고 했다. 두 사람은 나를 붙잡았지만, 내가 있을 만한 분위기가 아니라고 생각했다. 그래서 나는 두 사람이 붙잡았지만 끝내 사양했고, 자리를 떠나서 준수에게로 갔다.

"그런 자리에 계속 있기란, 꽤나 난처하겠어."

준수는 나를 대단하다는 듯이 쳐다보았다.

"두 사람만이 할 얘기가 있는 것 같은데 말이야. 그래도 예의상 나를 붙잡은 것 같아."

"붙잡기도 했어?"

"그럼, 붙잡기도 했지."

"지나치게 배려한 거 아닐까? 그냥 그 자리에 있지 그랬어."

"아니야. 두 사람은 두 사람만의 이야기를 하는 데 굳이 내가 그 자리에 있을 필요가 있을까 해서."

"아니지. 그건 아니야. 정말 마음에 없다면 붙잡지도 않았을 거야."

"예의상이라니까 그러네."

"너는 계속, 그 빌어먹을 예의 타령이군. 그래서 마음은 후련한 거야?"

"아니, 그냥 그래."

"나에게는 저항하면서까지 너의 의지를 드러내더니, 의외로 그녀와 그가 같이 있는 모습을 보며 넌 그저 숨어버리겠다고 하는 거야."

그는 나의 눈을 또렷하게 쳐다보며 말했다.

"내가 무엇을 숨겼다는 거야?"

"글쎄, 무엇이었을까?"

"빨리, 말해줘"

"그건 네가 옳다고 생각하는 것을 스스로 포기한 것이라고 봐야겠지."

"내가 포기를 했다고?"

"그래, 맞아. 넌 포기를 했어. 원래 수동적이었는데, 조금은 더 능동적으로 살기를 원하는 마음이 있었어. 그것은 조금이나마 능동적으로 살아갈 수 있도록 해주기도 하겠지. 그러나 능동적인 삶에 두려움을 느낀 거야. 뭔가 이상하다는 것을 눈치챘지만 오히려 숨어버린 거지."

"그렇다면, 내가 용기가 없었다고 말하고 싶은 거야?"

"그렇지, 그것도 용기이며, 용기가 없었다고 봐야겠지."

나는 그의 말에 혼란을 느끼게 되었다.

"기다려보라고, 아마 지은 씨에게서 연락이 올 거야."

그가 이어서 말했다.

지은은 나에게 핸드폰으로 카톡을 보내왔다. 아무래도 무슨 문제가 생겼는지 급하게 나를 만나자고 했다. 00 카페였다. 내가 찾아갔을 때 이미 지은이의 예전 남자친구인 유성철은 없었다. 나는 지은이의 표정이 우울하다는 것을 한 번에 알 수 있었고, 그녀의 분위기는 침울하고 어둡다는 것을 알 수 있었다.

"어떻게 된 거죠? 지은 씨"

"하아……"

그녀는 길게 한숨을 한번 쉬었다.

"무슨 일이 생긴 거죠? 지은 씨 말 좀 해보세요."

"밀항을 하겠다고 하네요. 돈이 필요하다고 합니다."

"밀항이요?"

"네, 그는 대한민국에서는 도저히 살 수가 없다고 하네요. 경찰들의 집요한 추적을 견딜 수가 없다고 합니다. 그는 멀리 떠날 생각이라고 하더군요."

"어디로 간다고 하나요? 어느 나라로요?"

"일단, 중국으로 떠나서 그곳에서 프랑스로 갈 생각이라고 하네요."

"돈은 많이 필요하다고 하나요?"

"네, 아무래도 그 돈까지 제가 진모 씨에게 부탁하고 싶진 않습니다."

"돈이… 그러니까… 액수가 얼마나 되는데요?"

"X 원이에요."

"X 원이나요?"

"네, 그래요."

"그렇게 많은 돈을 대체 어떻게 구하실 생각이신 거죠?"

"일단 제가 가진 돈을 주고 그다음에라도 어떻게든 메꿔 볼 생각이에요."

"전 반대입니다."

"네? 반대요?"

"네. 그가 정말 그 돈을 가지고 밀항을 한다면, 대체 지은 씨는 그 후에 어떻게 만남을 이어가시려고 이러시는 건가요? 돈만 가지고 그는 밀항한 후에 지은 씨하고 연락이 두절될 수도 있는 겁니다. 이것은 엄연히 사기입니다."

나는 그녀에게 격렬하게 말했다.

"사기라고 생각되지는 않아요. 그 후에도 저에게 연락을 준다고 했었어요."

"지은 씨가 경찰에 잡힐 수도 있는데, 그 후에는 어떻게 서로 연락하시려고 그러시는 지요?"

"그는 먼저 밀항에서 그곳에 대해 알아본 후에 그의 사정이 안정이 되면, 저를 부른다고 했어요."

"그가 정말 지은 씨를 부를 거라고 생각하시나요? 그의 진심을 먼저 알아보는 건 어떤가요?"

"그의 진심을 알아볼 수 있는 방법이 있나요?"

"그럼요. 지은 씨가 일단 그에게 줄 돈의 반만 그에게 일단 주세요. 그러면 그는 다시 나머지 돈의 반을 받기 위해서 지은 씨에게 연락을 할 겁니다. 일단 그 정도로 해두시고, 저는 그 후에 그를 한번 미행해보기로 하겠습니다. 정말 그가 어디로 향하는지, 그의 진심을 알아보도록 하죠."

"그런 방법이 있었네요. 좋아요."

"그에게 정말 지은 씨를 사랑하는 마음이 있다면 지은 씨를 향한 진심이 무엇인지 알 수 있겠죠."

그녀는 나의 말을 듣고는 어두웠던 표정이 점점 밝아지는 것을 알 수 있었다. 마치 자신이 정말 원했던 것이 정말 원했던 것으로 인정되는 것인지, 자신만의 생각으로만 끝나는 것인지 생각은 하고 있지만, 끝내 자신의 생각이 맞을 것 같다는 승리의 카드는 무조건 자신이 쥐고 있지만, 그저 확인만 하는 정도니까. 자신의 승리로 끝날 것 같다는 그런 느낌이었다.

그녀는 나에게 그랑 언제 다시 만날 것인지 어디에서 만날 것인지를 상세히 알려주었다. 나는 미행은 혼자서 하겠다고 했다. 자칫 잘못하다가는 발각이 될 수도 있는 문제니까 말이다. 나는 이 문제에 대해서도 물론, 충분히 준수하고 이야기를 했다. 준수는 미행은 당연한 거라고 했다. 그가 정말로 어떤 사람인지 알아야 한다고 했다. 다만, 준수는 굉장히 놀라워했다. 내가 그런 생각을 했다는 것 자체가 믿기지 않는다는 거다. 나도 그런 생각쯤은 할 수 있다고 했다.

약속 날, 그녀가 말한 약속 장소에 나는 미리 나와 기다리고 있었다. 물론, 그가 나를 알아보지 못하도록 변장을 했다. 그는 나를 절대로 알아보지 못할 것이다. 아침에, 변장을 할 때 준수에게 도와달라고 했다. 준수는 무슨 영화를 찍는 것 같다면서, 머리를 붙여서 길게 늘어서게 해주는 가발과 모자와 콧수염 등을 준비해주었다. 나는 연극할 때 소품 등을 구경한 적은 있지만, 직접 이렇게 얼굴에 붙여보고 꾸며보는 것은 처음이었다. 준수는 꼭 그에 대해서 낱낱이 파헤쳐 오라고 했다. 위험한 적진에서 꼭 무사히 돌아오라고도 했다.

그녀는 약속 시간보다 1시간 정도 먼저 나와서는 나에게 멀리 떨어져 앉아 있으라고 했다. 그가 나를 알아볼 수는 없겠지만, 그렇더라도 굳이 내가 그의 시야에 노출될 필요는 없었다. 기다리는 시간 동안, 내가 세상에서 도전해 본 일 중에서 지금 하는 일이 가장 위험한 일을 하고 있다는 생각이 들었다. 그리고 이 일은 누군가에게도 쉽게 말할 수도 없을 것이며 말을 한다고 해도 믿어주지 않을 것이다. 그렇다. 이런 일이 아니더라도, 우리는 다 말할 수 없는 비밀을 지닌 경험을 하고 있고, 그것은 오직 자신만이 간직해야 할 것이다.

약속 시간이 다 되었는데도 그는 오지 않고 있었다. 나에게는 초조함과 긴장감이 더해졌다. 갑자기, 그가 멀리서 오고 있는 것 같다. 언뜻 그의 모습이 보였다. 나는 멀리서 귀를 세우고는 그들이 하는 대화를 엿들었다.

"오래, 기다렸지?"

그가 말했다.

"아니야, 약속 시간보다 30분 늦은 걸로 뭐."

그녀가 말했다.

"네가 나를 믿지 않을 것 같아서. 너를 두고 멀리 떠나는 나를 이해하고 받아들이기에는 힘이 들겠지."

"아니야. 그렇지 않아. 내가 여기에 있어도 먼저 밀항하면 연락준다고 하지 않았어?"

"그래, 연락할게, 그러니 걱정하지 마, 내가 너하고 행복해질 수 있도록 노력하고, 중국에서도 안정되면 꼭 너를 찾아올 테니까."

"그래. 근데, 혼자서 밀항하는 거야?"

"아니야, 여기서 도와주는 사람들 있어."

"도와주는 사람들은 어떻게 만난 건데?"

"그 사람들은 밀항을 전문적으로 준비해주는 사람들이야. 예전에 같이 있던 친구가 소개해주었지."

"소개로 알게 된 거야? 믿을 수 있는 사람들인 거지?"

"그럼, 믿을 수 있는 사람들이지."

그는 커피를 한잔 마시면서 다른 곳을 쳐다보았다.

"여기 약속한 돈이야!"

그녀는 자신의 가방에서 돈을 꺼내서 그에게 주었다. 그는 그녀에게서 돈을 받고서는 그대로 자신이 가져온 가방에 집어 넣어버렸다.

"근데, 돈의 액수가 그때 그 액수가 맞는 거야?"

"아, 그게 돈을 반밖에 못 가지고 나왔어."

"뭐? 그럼 어떻게 해. 이걸 어떻게 하냐고?"

"생각해보니, 전에 친구에게 빌려준 돈이 있더라고. 그래서 돈을 가져오지 못했어."

"그럼, 앞으로 어떻게 해?"

"걱정 마. 친구가 다음 주 안으로 갚는다고 했으니까."

그는 그녀의 말을 듣고는 굉장히 안심한 표정을 지었다.

"일단, 다음에 만날 때, 다시 한번 연락을 줄게."

그가 말했다.

"그만 가려고?"

"응, 그래야 할 것 같아. 근데, 지은아, 우리 연극 연습할 때 생각나? 그때, 내가 했던 대사가 생각나서. 주체성은 우리에게 시련을 주었을 뿐, 지금부터 시작이야. 영혼의 진정한 구원과 해방을 위해서 함께 달려 나가자. 라고 했었지. 지은아! 지금이 힘들더라도 같이 외국에 나가서 살면 지금보다는 더 행복할 거야."

"아, 맞아. 네가 했던 대사 생각나. 너는 그 대사를 아직도 기억하고 있구나."

"그럼, 너의 손을 잡고 했던 대사인데."

그는 갈려고 하듯이 자신의 가방을 챙기고 있었다.

"몸조심해, 경찰에게 잡히면 안 돼."

"알았어. 조심할게!"

나는 그가 밖으로 나갈 때 그를 미행하려고 나갔다. 그는 내가 미행하는지도 모른 채 자신의 길을 걷고 있었다. 그는 가다가 버스를 타기도 했다. 그럴 때 나도 버스를 탔다. 버스에서 그는 앉아서 갈 수 있었지만, 이상하게 그는 서 있었다. 나는 버스에 앉아서 그가 내리길 기다렸다가 그가 내리자 나도 내렸다. 그는 택시가 있는 곳으로 걸어가더니 택시를 타기도 했다. 나도 뒤에 있는 택시를 타고는 앞에 택시를 따라가 달라고 했다. 그의 택시가 서자 나는 그하고는 약간 거리가 있는 곳에 택시를 세웠다. 그는 어느 골목길로 들어갔고, 나는 그의 뒤를 추적해서 그가 어디로 가는지 따라가

보았다. 그는 꽤나 한적한 곳, 인적이 드문 곳으로 깊숙이 들어갔
다. 나는 그를 미행하는 게 쉽지 않다는 것을 알고 있었지만, 그래
도 다행히 걸리지 않고 그가 있는 곳으로 왔다. 나는 그곳이 공사
를 하다가 중단한 곳으로 보였다. 누군가가 보더라도 그런 곳으로
보일 것이다. 그곳에서 누군가가 그를 부르고 있는 것 같았다. 사
람들은 대체로 5명쯤 있는 것 같았다. 5명은 대체로 근육이 붙어
있었고, 꽤나 거칠게 살아온 느낌이 들었다. 그들 중에 몇 명은 담
배를 피우는 사람도 있었는데, 담배 피는 모습이 뭔가 세상에 굉장
히 불만이 많은 사람들 같았다.

"돈을 가지고 왔어?"

그와 함께 있던 누군가가 말했다.

"아니, 다 가지고 오지는 못 했어."

그가 말했다.

"왜, 무슨 일로?"

"뭐, 친구한테 돈을 빌려주었다고 하더군."

"그것 참, 골치가 아프군."

"그렇게 말하지 마. 그래도 얼마나 착한 애인데."

"하긴, 경찰조사도 어차피 그녀가 다 받게 될 테니까."

"그래, 이번에 돈만 받고 밀항한 다음에 연락을 끊으면 그걸로
된 거야. 그래도 그녀를 나쁘게 말하지는 마."

그가 말했다.

"그래, 알았어."

"우리는 어차피 모 아니면 도잖아."

"그렇지, 우리는 모 아니면 도니까. 그렇게 사는 게 우리들의 방식이니까."

나는 벽 뒤에서 그들이 하는 얘기를 다 들었다. 나는 분노감이 끓어올랐다. 견딜 수가 없었다. 그러나 그 자리에서 많은 사람들을 상대로 분노감을 표출할 수도 없는 노릇이었다. 나는 미행을 하다가 뒤에서 들은 얘기였다. 나는 도망가야 했다. 한데, 나는 그만 발을 헛디디고 말았다. 부딪치는 소리가 크게 났다.

"누구야? 뒤에 누군가가 있다."

덩치가 가장 큰 한 사람이 소리쳤다.

나는 빠르게 도망가기 시작했다. 사람들은 나를 잡으러 뒤에서 뛰었다. 나는 전력으로 질주하여 사람들을 따돌리기 위해 다른 곳으로 숨었다. 사람들은 내가 숨었는지 모르고 다른 곳으로 뛰어갔다.

나는 집으로 왔다. 그리고 변장할 때 썼던 모자를 벗고, 머리에 붙였던 가발과 턱수염 등을 제거했다. 그리고 지은이가 받을 충격에 대해서 생각해 보았다. 나는 지금 가장 생각나는 사람 그래, 준수에게 전화를 해서 만나자고 했다. 준수는 자기의 집에서 나를 기다리겠다고 했다. 나는 준수의 집으로 갔다. 그리고 준수에게 내가 본 것을 얘기했다. "역시 그 사람은 문제가 있었어."라며 준수는 나에게 말했다. 지은이가 받을 충격에 대해서 서로 얘기했는데, 준수는 지금 중요한 건 어차피 지은이가 받을 충격은 감수해야 하며 그 사람들을 모두 경찰서에 넘겨야 한다는 얘기였다. 그리고 무엇보다 지은이의 죄에 대해서는 단순방조죄 정도로만 그쳐야 한다고 말했다. 지은이는 주동자가 아니다. 지은이는 이용만 당했다. 그것도 사람의 순수한 마음을 철저하게 이용한 것이다. "지은 씨만 당하게 생겼어!" 준수가 말했다. 어떻게 할 방도가 없었다. 나는 지은이가 감옥에 가길 원하지 않았다. 사실, 금서를 전해준 것이 그렇게 큰 죄였을까? 옳음은 사람이 살아가는 데 중요하다. 누군가에나 옳음이 있다. 그리고 그 옳음이 그름이 된다거나 보잘것없이 평가되는 것을 사람들은 싫어한다. 사람들과 대화하다 보면 결국에는 무엇이 옳은 것일까? 하는 문제고 더 나은 옳음을 향해 나가는 질문들, 그것에 대한 대답을 하고 있다. 사람들이 옳다고 생각하는 것이 무엇인지 옳음을 객관화하고 자신만의 궁극적인 옳음을 설계하려고 시도하는 것이 그렇게 나쁜 일인 것인지, 지금 개인의 옳음을 국가가 간섭한다는 것은 말이 안 된다. 그러나, 우리는 법을 지켜야 한다. 라는 말이 있다. 그녀도 괴로워했고, 나라를 떠나서 살기까지 해야 한다고 했다. 그것은 모두 지나치게 자신의 옳음에 대해서 보다 더 정확하게 알려고 했다는 것에 있다.

"사람들은 말이지, 처음에 만났을 때 환상에 있어."

준수가 나를 쳐다보았다.

"갑자기 이 시점에 뜬금없이 무슨 환상이야?"

"그녀는 지금 환상에 있어."

"무슨 소리야 그게?"

"사람들을 봐봐, 아무리 현실을 깨달았다고 해도, 처음에 누구를 만났을 때, 환상에 빠지려고 한다는 거야. 처음의 설렘도 사실은 설렘이라고 하고, 처음에 누굴 만난다는 것 자체가 너무 즐겁다고 생각하지만, 그것은 이미 환상을 시도하려고 한 거야. 사람을 처음에 만나면 과거로부터 지금까지 자신이 어떤 사람인지는 없어지고, 지금부터 미래라는 시점으로 시작하게 되니까. 그러니까 사람을 처음에 만나면 지금부터 미래라는 시간이 주어진다는 거야. 그것은 환상을 주지. 미래를 꿈꿀 수 있다는 기대, 환상, 그리고 현실을 넘어설 수 있다고 말이야. 그러나 자기 자신이 어떤 존재였는지 스스로 반성하지 않는다면, 똑같은 일들의 반복이 일어난다는 거지. 근데, 여기에서 스스로 반성한다는 의미는 절대적으로 자신의 존재를 초월하려고 노력해야 한다는 거야."

"지금 무슨 소리를 하는 건지? 도대체 모르겠어. 갑자기 지금 상황에서 그게 무슨 소리야?"

나는 준수가 하는 말이 영문을 모르는 소리 같아서 너무 당황스
러웠다.

"지은 씨가 정말 사랑에 빠졌는지는 지금 같은 오류가 전제되어
있다는 거야."

"그렇다면 지은 씨는 지금 자신의 환상에 빠져 있다는 거야?"

"그렇다고 볼 수 있지."

"무엇을 근거로 그런 말을 하는 거지?"

"일단, 다시 만났다고 해도, 방금 내가 한 말이 전제되어 있을 거
야. 게다가 그 예전 남자친구의 말을 너무 믿으려고 하니까."

"네 말은 지은 씨가 너무 근거 없이 사실도 확인해보지 않은 채
믿으려고만 했다는 거야?"

"응, 그래. 아마 지은 씨는 지금 일을 너에게 맡겼지만 아마 맡기
고서도 이미 믿음은 전제되어 있을 것이고, 자신의 믿음에 대한 확
신으로만 가득 차서, 결론은 정해져 있을 것이고, 너에게 자신의
믿음을 증명하려 들 테지. 하지만 너는 이미 카드를 쥐고 있어."

나는 지은이가 나에게 했던 말을 생각해보고는 그녀가 지은 표
정에서 지금 준수가 하는 말들을 알 수 있었다.

"무슨 카드?"

나는 말했다.

"바로 지은 씨에게 절망을 줄 수 있잖아. 언제든지 말이야."

그랬다. 나는 실제로도 지은이의 충격을 걱정하고 있었다.

"어차피 말은 해야 해."

"그래, 어차피 말은 해야겠지. 한데, 지은 씨는 너를 더 믿고 있어."

"그게 무슨 소리야?"

"왜 너에게 그 일을 알아보도록 했겠어. 지은 씨는 너를 사랑하고 있는 거야. 다만, 그녀는 예전 사랑에 대해서 아까 내가 말한 것처럼 흔들리고 있었던 거지. 말 그대로 예전 남자친구잖아. 예전 남자친구를 다시 만났으니까, 환상을 실현하고 싶었던 거야. 물론, 거기에서 자기반성이란 없지."

"그럼 아까, 전에 말한 그 얘기는 뭐야? 그녀가 지나치게 그를 믿고 있는 것을 그저 확인만 한다고 한다는 건."

"그건, 그러니까 그를 사랑한 게 아니라, 자신의 믿음에 대한 확신일 뿐이라는 거지."

"어째서지?"

"확신을 너에게 맡겼으니까."

나는 준수의 말을 듣고는 심장이 두근거렸다. 지은이가 나를 사랑한다니, 정말 그런 걸까?

"난 그자를 용서할 수가 없어."

"그렇지. 그자는 사람을 이용했으니까. 그는 그녀가 옳음에 대해서 관대하다는 것을 알고 있었어. 그래서 금서를 가져오라고 부탁을 했고, 그녀도 금서를 가져오라는 부탁을 들어준 것이 아니라, 사실은 간접적으로 금서를 봤다는 것을 스스로 인정하고 싶었던 거야. 그녀는 옳음에 대해서 자신이 용기 있게 나아가야 하며 옳음에 대해서는 스스로에게 나약해지는 것을 참아낼 수 없었을 테니까."

"그렇다면 지은 씨가 지금까지 이런 상황이 될 때까지 즐기고 있었다고 말할 수도 있는 거야?"

"아니, 꼭 그렇지도 않겠지. 그러나 적어도 금서가 있는 곳에 자신만의 출입증을 들고 통과하여 금서를 가지고 올 때만큼은 즐기고 있었다고 말하고 싶은 거야."

"꼭, 모든 범죄가 합리화될 수 있는 것처럼 말하는 것 같군."

"모든 범죄라, 너무 극단적으로 생각이 될 수도 있지만, 어떤 관점에서 보자면 그럴 수도 있겠지."

나는 준수의 이야기를 마무리 짓고는, 지은에게 연락을 했다. 지은은 나의 전화를 기다리고 있었다. 나는 오늘은 너무 늦은 시간이니 내일 만나자고 했다. 지은은 자기의 집(예전의 집과는 다른 곳)으로 오라고 했다.

지은의 집 앞으로 가자, 그때 그 남자 그러니까 지은이의 전 남자친구 유성철이 집 앞에 나와 있었다. 그는 뭔가 나에게 할 말이 있었는지, 나를 만나자고 했다. 나는 핸드폰 문자로 지은에게 3시간 정도 늦을 수도 있지만 빠르면 빨리 갈 수도 있다고 문자를 주었다. 그는 나를 데리고서는 조금 한적한 공원으로 데리고 갔다. 그리고는 공원 앞에 편의점에서 커피를 하나 사서 나에게 주었다.

"생각해보니, 물어보질 못했어요. 지은이하고는 무슨 관계인지 말이에요."

"제가 지은 씨랑 무슨 관계인지 궁금하신 건가요?"

"지은 씨라고 말하는 것 보니, 그렇게 친한 관계는 아닌 것 같은데……"

"그냥, 연극하면서 알게 된 사이에요."

"연극? 아, 이번에 또 연극이 있긴 했었죠."

그는 뭔가 눈동자가 흔들렸다.

"지은 씨는 저에게 참 고마운 사람입니다. 그녀가 슬퍼한다면 저는 견딜 수가 없을 거예요. 주어진 슬픔이 무엇인지, 그녀가 비통해한다면, 저도 슬픔에 공감하며 같이 슬퍼할 겁니다. 유성철 씨는 어떠신가요? 지은 씨가 슬퍼진다면 같은 감정을 가지면서 같이 슬퍼할 수 있나요?"

"네, 저도 그럴 수 있습니다."

그의 표정에서는 단지 진지함은 있는 것처럼 보이려 노력할 뿐이라는 것을, 나는 그가 사악하다는 것을 알 수 있었다.

"그녀를 진심으로 사랑하시나요?"

나는 진지하게 그에게 물었다.

"네, 그렇습니다. 대강 이야기는 들었을 거라 생각합니다."

"지은 씨하고의 추억은 아직도 마음속에 살아 있으신가요?"

"그렇습니다. 지은이하고는 즐거운 일이 많았었죠. 그녀는 사실 옳음으로 나아가는 길이라면 물불을 가리지 않는 성격이라서 그런 점이 신기해 보였어요. 무엇보다 옳음을 추구하고 옳음을 고민하며 더 나은 옳음을 위해서 노력하는 모습이 너무 보기가 좋았어요. 저는 어떤 옳음에 매혹되면, 더 큰 옳음을 구해야 하는 것은 당연한 것이라고 생각했어요. 나 자신을 위해서 그리고 남을 위해서도 헌신을 해야 한다는 생각들이 강했죠. 그녀는 그런 저에게 옳음의 가치를 다시 한번 생각하게 해주었었죠."

그가 하는 말을 듣고 있었지만, 마음 한구석에 끓어오르는 분노감을 감추기가 더 힘들었다.

나는 커피를 한 번 더 마셨다.

"그녀는 여전히 옳음에 대해서는 관대합니다."

나는 그에게 나의 감정을 숨기면서 말했다.

"그렇겠죠. 그녀도 저와 마찬가지로 순진한 부분이 있어요. 그리고 사람을 만나서 무언가를 받으면 꼭 받은 만큼은 돌려주려고 하죠. 내가 받은 것만큼 상대방에게 똑같이 주는 것은 쉽지 않은 일이죠. 그녀는 항상 그렇게 해왔어요. 그것만이 그래도 정직함을 그나마 사랑할 수 있는 길이라고 굳게 믿고 있죠. 그녀는 은혜를 입으면 꼭 보답하려고 해요. 그것을 지키는 것은 정말 쉬운 일이 아닌데 말이죠."

"그렇죠. 그녀에 대해서 많은 것을 알고 있네요."

"그럼요. 1년은 넘게 사귀었던 걸요."

"알고 있는 것을 역이용하는 사람들도 있지 않을까요?"

"역이용하는 사람들도 있겠죠."

"그럼 정말 나쁜 사람들이겠죠."

"근데, 세상에는 꼭 좋은 사람만 있는 것도 아니고, 배신이라고 일컬어질 만한 일들은 언제나 일어나고 있어요. 그렇다면 배신한 사람이 나쁜 사람일까요? 아니면 당하는 사람이 부족한 걸까요?"

"당하는 사람이요?"

"당하는 사람도 결국에는 부족했다고 봐야 하는 거겠죠."

"그렇게 정당성을 부여한다면, 세상에 정당화되지 않은 일은 없을 것 같네요."

"어떤 관점에서 보느냐의 문제 아닐까요?"

나는 그의 말에 몹시 흥분했다. 그리고 그와 나 사이에는 뭔가 알 수 없는 기류가 흐르고 있다는 것을 느꼈다. 그가 혹시 내가 예전에 자신의 아지트인지 뭔지 어두운 공사장 같은 곳에서 도망친 사람이라는 것을 눈치챈 것은 아닌지 우리는 어쩌면 서로의 정체를 알고 있으면서도 서로 모른 척하는 이야기를 하는 것은 아닌지, 나는 뭔가 움츠러드는 느낌이 들었다.

"그래도 법의 관점에서 봐야 선의 정당성을 말할 수 있는 거 아닐까요?"

내가 그에게 말했다.

"법의 관점에서의 선이라? 선이 무엇인데요? 국가가 정했나요? 그렇다면 악이란 무엇입니까?"

"해야 하는 일이 선이고 하지 말아야 할 일이 악입니다."

"해야 하는 일이 선이라면, 본인은 지금까지 남의 물건을 훔치지 않았지만, 부러워하며 가지고 싶어한 적은 한 번도 없나요?"

"있습니다. 그러나 저는 마음만을 가지고 있었을 뿐, 행동으로 옮긴 적은 없습니다."

"행동으로 옮기지 않았다면, 선인가요?"

"선입니다."

"어째서죠?"

"행동으로 옮기면 악이 되니까요. 그래서 일어나는 마음을 자제해서 행동하지 않았으니, 그것 또한 선입니다."

"마음만 가지고 있어도 악이 될 수 있지 않을까요? 저는 심각한 자기 합리화라고 생각되네요. 그럼 질문을 바꾸겠습니다. 본인 말고도 마음을 가지고 행동으로 옮긴 사람들도 있겠죠. 그러면 악이 아닌가요?"

"그것은 악입니다."

"그럼 악이 되고 선이 되고를 정하고 있는 자기 자신은 무엇이죠?"

"그건 제가 어떤 것이 옳음이 되는지 알고 있어서입니다."

"그렇다면 더 큰 옳음을 구하려고 하는 사람이 있다면요?"

"아직 제가 거기까지는 생각해 보지 않았지만, 선과 악이라는 기준이 모호해질 것 같습니다."

"결국 절대적인 옳음을 구하면, 선과 악은 없다는 이야기가 나오는 겁니다. 본인은 스스로 그것을 자백한 거예요. 때로는 자신에게 되는 이익이, 쾌락이, 행운을 준다는 것들 등등, 그 외에 모든 것들이 개개인의 옳음이 될 것이고, 그럴 때마다, 선과 악의 기준이 없어지며 결국 선과 악은 없다는 결론이 나오는 겁니다. 조금 더 구체적으로 이야기를 드리자면, 인간은 배가 고파서 밥을 먹고 배가 고프지 않아서 밥을 먹지 않습니다. 거기에 선과 악이 존재하나요? 존재하지 않죠. 그것은 우리가 해야 할 온전한 당위성만을 남긴다는 것입니다. 온전한 당위성에 현혹되는 것은 인간의 본성이며, 그것은 선과 악의 의미로 거론될 수 있는 것이 아니라는 것을 명심하셔야 한다는 거예요. "

"아니요. 그래도 인간에게는 적어도 양심이라는 것이 있습니다."

"양심이라, 대를 위해 소를 희생하는 것도 양심이 될 수 있을까요?"

"대를 위해 소를 희생이요?"

"이기기 위해서, 절대적인 것을 이루기 위해서 희생은 불가한 것입니다."

"너무 무서운 이야기네요. 저는 생명은 소중하다고 생각합니다. 누구도 다른 사람의 삶을 빼앗을 수는 없는 거에요."

나는 아주 분노하듯이 말했다. 그는 나의 말을 듣고는 더 이상 대화가 할 수 없다고 생각했는지 그는 갑자기 웃음을 지었다.

"시간이 되시면, 내일 우리 집에 초대하고 싶은데 괜찮으시겠어요? 내일 오후 4시에 집에서 기다리겠습니다. 집 주소는 OOO이에요."

나는 그의 집 주소를 알았고, 그의 핸드폰 번호를 저장해두었다. 그리고, 바로 지은의 집으로 갔다. 지은은 차를 준비하고 나를 기다리고 있었다. 나는 지은에게 지은이의 예전 남자친구인 유성철의 이야기를 했다. 그녀는 이야기를 듣고는 충격에 빠졌다. "그가 그랬을 리가……" 그녀는 처음에 침울해하더니만, 자신의 믿음이 배신으로 돌아오는 충격에 빠져서 온몸을 부들부들 떨면서 눈물을 흘리면서 흐느꼈다. 자신이 그에게 준 돈보다도 마음의 배신이 더욱 참을 수 없는 것처럼 보였다. 그녀는 나를 갑자기 끌어안았고 내 가슴속에서 한참을 울었다.

"그에게 복수를 해야겠어요."

그녀가 눈물을 닦으며 말했다.

"복수를 어떻게 하시려고 그러시는지요?"

사실 복수한다고 해도 어떻게 할 방법은 없었다. 나는 그녀가 눈물을 흘리며 몇 번이나 복수를 해야겠다고 하는 소리를 들었다. 나는 내일 오후 4시에 그의 집에 방문한다는 말을 하지는 않았다. 나는 집으로 갔다. 그리고는 성철에 대해서 깊이 있게 생각했다. 그가 왜 나를 집에 초대하려고 하는지에 대해서 말이다. 모든 것이 두려웠다. 지금 내게 필요한 건? 내게 필요한 건 그렇다. 바로 친구 이준수다. 나는 준수에게 바로 연락을 했다. 그리고 지금까지 상황에 대해서 얘기했다.

"위험해!"

준수가 소리쳤다.

"무엇이 말이야?"

"그는 이미 네가 누구인지 눈치를 챈 거나 다름없어."

"그럼 대체 어떻게 해야 하는 거지?"

"그렇다고 지금 경찰을 부를 수도 없는 거 아니야?"

"지금은 절대적으로 불리한 상황이야. 경찰이 조사한다고 순순히 자기의 잘못을 인정할 사람은 아니야."

"일단, 핸드폰으로 녹음을 하라고. 그리고 말이야. 집으로 들어가지는 말라고, 집 앞에서 만나는 걸로 해. 그 안에 분명 그의 친구들이 있을 거야. 그러면 너는 무슨 짓을 당할지 모른다고."

"아니야, 그러다가 정말 눈치를 채면 어떻게 하려고 그래? 핸드폰으로 내가 녹음한 것을 눈치채면 모든 것이 끝이야. 게다가, 집 안으로 들어가도 그의 친구들이 없을 수도 있는 것 아니야?"

"핸드폰 소리를 줄이라고, 무조건 핸드폰 소리를 무음으로 해야 하고, 그곳에 가면 그의 사람들이 정말 잠복하고 있다가 너에게 흉기를 휘두를 수도 있어. 이건 정말 위험해. 내가 보기에 그는 이미 네가 그 공사장에 있었다는 것을 알고 있다고."

"무엇을 근거로 그가 눈치채고 있다고 생각하고 있는 것이지?"

"그건 바로 네가 그녀를 너무 사랑해서 정직하게 분노했기 때문이야. 감정을 아예 다 숨길 수는 없는 거야. 너와 그의 대화는 서로를 숨긴 채 칼이 오고 가는 대화였어. 내가 너에게 들은 걸로도 충분히 알 수 있어."

"정말 그렇게 생각해?"

"그래. 게다가 너는 너무 옳음에 몰두하고 있는 사람이야. 그녀와의 사랑은 서신으로 옳음에 대해서 서로 주고받았고, 그것으로 그녀의 사랑을 얻을 수 있을 것이라고 여겼어. 그런 네가 분노하는 감정을 보인 것은 분명하잖아."

"그래 맞아. 나는 분명 분노했지."

"그럼, 그때 그는 이미 눈치를 챈 거나 다름이 없어. 공사장에서 이미 네가 그녀를 사랑해서 네가 찾아온 것을 알고 있었고, 너는 분노한 나머지 그때 실수를 한 거니까. 그는 네가 그때랑 같은 감정을 발산한 것만으로 충분히 느꼈을 거야. 우리에게는 모든 것을 다 말하지 않아도 그런 에너지를 알 수 있는 힘이 있으니까."

"그러면 약속을 취소할까?"

"아니, 약속을 취소하지 말고 뭔가 그들이 밖으로 나올 방법을 생각하자고. 그들을 모두 바깥으로 내보내고 나서, 그곳에 들어가서 뭔가 증거가 될 만한 사실들을 찾아보는 거야."

"그렇다면, 그들을 어떻게 밖으로 나오게 한단 말이야."

"일단, 내가 약속 시간 보다 세 시간은 먼저 가서 그 유성철인가 뭔가 하는 사람의 집 앞을 배회하다 보면 뭔가 답이 나오겠지. 그러면 그들이 친구들하고 같이 있는지 아닌지 알 수 있을 거 아니야. 어차피 내 얼굴도 그들은 모를 테고 말이야."

"좋아. 일단 그럼 내일 먼저 가서 알아보고 나에게 알려줘."

4.

준수는 얘기한 대로 먼저 성철의 집을 살펴보고는 나에게로 왔다.

"거기에 여러 명이 있는 것을 확인했어."

준수는 다급하게 말했다.

"아무래도 그때 공사장에 있던 모든 사람들이겠지."

내가 말했다.

"가는 순간 모든 것이 끝이야."

"그럼 이제 어떻게 해야 할까?"

"그를 바깥으로 불러내야 해."

"그러나 바깥으로 불러낼 명분은 없잖아."

나는 준수하고 어떻게 해야 할지를 의논했다. 물론, 성철에게 약속이 있어서 못 가겠다 어디가 아프다 등을 얘기하고 가지 않으면 그만이다. 한데, 그 방법은 최후의 방법으로 생각해야 했다.

"근데, 그들을 불러낸다고 해도 쓸데없는 짓이 될 거야."

나는 잠시 준수를 보다가 다른 곳으로 시선을 돌리면서 말했다.

"어째서지?"

"그들이 나가는 순간 문이 잠길 수도 있어. 그러면 모든 것이 다 쓸모가 없어지는 것이지."

"그렇군, 그러면 그냥 못 가겠다고 네가 다른 핑계를 댈 수밖에 없는 거 아닌가?"

"아니야, 내가 직접 들어가서 거기에서 뭔가 우리에게 도움이 될 만한 증거들을 찾아볼게!"

"무슨 수로 말이야?"

그는 정말 궁금한 표정을 지었다.

"내가 그녀와 함께 동행한다면, 그도 날 함부로 하지는 못할 거야."

"그녀라면, 설마 강지은 씨를 말하는 거지?"

그가 박수를 치며 말했다.

"그래, 맞아."

"시간이 없는 것 같아. 서둘러서 지은 씨를 데리고 오자고!"

나는 서둘러 지은에게 전화를 했다. 지은은 나의 전화를 받았고, 나는 지금까지 있었던 일들을 설명해 주었다. 지은은 나와 함께 그의 집으로 가기를 원했다. 그녀는 짧은 시간에도 제일 아름다운 모습을 하고 나왔다. 이것이 바로 여자의 변신은 무죄라는 말이 무엇인지 알게 해주는 순간이라고 해야 할까? 아무래도 그녀는 복수심을 가지고 있었고, 무엇을 놓쳤는지를 가르쳐 주고 싶어했던 것 같다.

"나의 멈추어진 시간이 흘러갈 수 있게!"

그녀는 오자마자 나를 보며 외쳤다.

"무슨 소리에요?"

"아, 진모 씨가 전에 준 편지가 생각이 나서요."

아, 전에 원한에 관련된 이야기를 한 걸 말하는 건가 보다. 원한을 가진 자의 시간은 가지 않는다고 했었다는 글을 썼던 것이 생각났다. 나는 나의 친구 준수를 처음으로 그녀에게 소개해 주었고, 준수도 줄곧 내가 얘기한 사람을 처음으로 만나게 되었다. 둘은 서로 인사했고, 악수도 했다. 준수는 일단 우리 집에 남기고, 나와 지은은 성철의 집으로 가기로 했다.

딩동댕동, 똑똑똑.

벨을 누르기도 하고, 문을 두드리기도 했다. 약속 시간이 생각보다 30분 정도 늦었다. 그것은 지은이가 와서 가야 하기에 조금 늦었다.

"아, 오셨나요?"

그는 문을 열어주었다. 그의 집에는 역시 준수의 말대로 여러 명이 있었다. 나는 공사장에서 언뜻 본 인물들이 있다는 것을 단번에 알 수 있었다. 뭔가 그들 중에서도 내가 거기 현장에 있었다는 것을 눈치챈 사람들이 있었던 것 같다. 성철은 내가 지은이랑 같이 온 것을 보고는 상황이 좋지 않은 것을 느낀 건지, 표정이 좋지 않았다. 그는 어떤 손짓을 하는 것 같았는데, 그게 정확하게 어떤 손짓이었는지 알 수가 없었다. 다만 그 손짓을 한 후에, 갑자기 그들은 어색한 웃음을 지으며 웃고 있었다. 나는 그 웃음을 보며 덩달아 아무 의미 없는 웃음을 지어주는 것으로 보답했다.

"손님들이 오셨으니, 우리는 모두 나가야겠어."

성철을 제외한 모든 사람들, 그러니까 한 5명 정도 되는 사람들은 모두 나가려고 짐을 챙겼다. 그들은 짐을 챙기면서도 서로의 눈치를 살피고 있었으며 짐을 신속하게 챙겨서 나가려고 했다. 그리고 그들은 모두 나갔다. 그녀의 힘은 정말 대단하다. 같이 온 것만으로도 나의 목숨을 지켜주고, 여기에 있는 험상궂은 사람들을 모두 쫓아내 버렸다.

"무슨 일로, 진모 씨를 집으로까지 불러들인 거지? 나하고 사귈 때는 집에서 만난 적이 한 번도 없었잖아."

그녀는 약간 퉁명스럽게 말했다.

"그랬었나? 나는 그저 진모 씨가 너에 대한 사랑을 의심하는 것 같아서. 집으로 한번 초대해서 깊은 얘기를 하면 그 의심이 사라지지 않을까 해서."

그는 능청스럽게 말했다.

"사랑이 의심스럽다면, 그에게 고백하지 말고, 나에게 고백해야 하지 않을까?"

그녀는 단호하게 말했다.

"너에게?"

그는 뭔가 난감한 표정을 짓더니만, 차를 가지고 오겠다고 했다. 그가 차를 끓이는 동안 나와 그녀는 집을 둘러보고 있었다. 그러다가 어떤 편지 안에 暗이라는 글자만 있는 것을 보게 되었다. 저 글자는 분명 어둡다는 뜻이 있는 한자가 분명했다. 나는 그가 다시 차를 가지고 올 준비를 하자 낌새를 보고는 자리에 앉게 되었다. 그는 그녀하고 연애할 때 찍은 사진들을 가지고 왔다.

"나 이거 가지고 있어. 봐봐, 기억나?"

그는 나름대로 그녀와 있었던 이야기를 줄줄이 얘기하였고, 그녀도 그의 말을 듣고 전부 부정적으로만 얘기할 수는 없었던지, 그저 그가 긍정을 요구하는 것처럼 보이는 모든 이야기에 그저 긍정할 수밖에 없었다. 나는 그저 둘의 이야기를 차를 마시면서 그저 듣고만 있었다.

"심심하지는 않으세요?"

그가 갑자기 나에게 말했다.

"아니요, 괜찮아요."

나는 말했다.

"그녀가 고백하라고 해서, 이렇게 사진을 준비해서 가지고 왔어요."

그는 나에게 그녀하고 찍은 사진을 한 장 보여주었다.

"사진으로 모든 행복이 증명될 순 없겠죠. 사진은 웃으면서 찍어야 한다, 포즈는 이렇게 잡고 찍어야 한다 등 카메라는 충분히 감정을 인위적으로 보이게 할 수 있다는 거죠."

"그렇긴 하죠."

"그래도 사진은 추억으로 남을 수 있으니, 두 분의 사랑이 사진처럼 영원하길 바랍니다."

나는 이 모든 상황에서 그를 비꼬았다. 최대한 비꼬는 것 또한 드러나지 않게…

나하고 그녀는 그의 집에서 나왔다. 그녀는 심란한 얼굴을 하고 있었다. 그녀는 나와 함께 준수가 기다리는 준수의 집으로 갔다.

"어떻게 되었어?"

준수는 어떤 일이 있었는지, 너무나 궁금해서 급하게 말했다.

"이것 봐, 조금 기다리라고. 지금 들어왔어. 조금 숨 좀 돌릴 시간은 주어야지. 저기 앉아서 이야기하자고."

나는 걸어가서 자리에 앉았다.

"이제는 좀 말해봐."

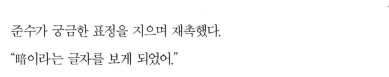

준수가 궁금한 표정을 지으며 재촉했다.

"暗이라는 글자를 보게 되었어."

내가 말했다.

"전, 이 쪽지를 가지고 왔어요."

00일에 오후 5시

暗으로부터

그녀가 쪽지를 꺼냈다.

"暗이라니, 이건 분명"

준수가 손을 머리로 짚었다.

"뭔가 짚이는 것이 있는 거야?"

나는 그를 보았다.

"이건 틀림없이 무슨 조직일 거야."

준수가 말했다.

"뭐라고 하나 했더니, 그 정도 생각은 우리도 하고 있어요."

그녀가 말했다.

"잠깐, 근데 금서에 대해서는 아예 다시 손에 넣을 수는 없는 건가요?"

나는 그녀에게 조심스럽게 말했다.

"네, 그는 이미 그 금서를 어딘가로 빼돌렸을 거예요. 아까 같이 그의 집에 갔다 왔을 때도 제가 금서에 대해선 아예 말도 꺼내질 않잖아요. 그는 그 금서를 근본으로 조직의 이념을 체계적으로 만들 생각일 거예요."

그녀가 나와 준수를 번갈아 보았다.

"하긴, 성경을 보고 사람들은 성경을 이용하죠. 성경을 이용하여 자신을 신격화하는 사람들이 있듯이 금서를 이용하여 사람들을 현혹할 생각이겠죠. 이것은 엄연히 세뇌라고 봐야 해요."

내가 말했다.

"사이비 종교는 아닌 것 같은데."

그가 말했다.

"어떤 조직이나 단체도 목적이 없다면 존재할 수 없고, 목적이 있다면 더 체계적으로 규율을 만들 필요도 있으니까요."

그녀는 준수를 보았다.

"반국가단체 구성이라도 하려는 걸까요?"

"어쩌면 그저 건달들의 집단인지도 모르죠."

"그렇다면 조직폭력배를 말하는 건가요?"

"그럴지도요."

"근데 0월 00일에 5시라니 이건 분명 약속 시간을 말하는 것 같은데, 장소가 어디인지 알 수가 없네요."

"0월 00일이라고 해봤자, 내일이잖아요."

나는 그와 그녀가 하는 얘기를 듣다가 문득 "모 아니면 도"가 생각이 났다. 그때 공사장에서 들었던 말이었다.

"모 아니면 도"

나는 모두에게 말했다.

"그게 무슨 말이야?"

그가 물었다.

"공사장에서 모 아니면 도라는 말을 들었어. 이건 분명, 暗을 뜻하는 거야."

내가 말했다.

"어째서 그렇게 생각하는 거지?"

그가 물었다.

"모 아니면 도라는 말은 분명 깊이 생각하지 않고 결정하는 것이라는 거지. 그것은 분명 이성의 의무에 충실하기 보다는 순간적으로 떠오르는 직관이 행사하는 권리에 매혹되었던 거야. 모 아니면 도라는 빌라가 있잖아. 거기는 상당히 오래되었어. 그곳에 분명 뭔가가 있어."

"옳음을 보면, 직관이나 이성의 문제가 아니라 필연적인 운명의 문제일 수도 있겠지. 그것은 매력적인 유혹의 향수의 향기처럼 옳음에 영혼을 빼앗기게 할 테니까. 단지 의지만이 필요할 뿐이야. 모 아니면 도라는 말처럼."

"음, 그럴 수도 있겠네."

"그렇다면 금서를 가지고 모 아니면 도에서 뭔가를 꾸미는 걸까요?"

나와 준수의 이야기를 골똘히 듣다가 지은이는 뭔가 이상했는지 나와 준수를 번갈아 처다보면서 물었다.

"분명 무슨 일을 계획하고 있을 것 같아요."

내가 그녀를 보며 말했다.

"거기 빌라에 가더라도 어느 빌라에 있는 곳인지 알 수는 없어요. 그래도 오래된 빌라라서 그런지 정문은 하나인데, 거기 근처에서 숨어서 지켜보면, 그들이 움직이는 곳을 알 수 있겠죠."

그녀가 말했다.

"그건 제가 하겠습니다."

준수의 목소리는 제법 자신감 있게 보였다.

이번 일로는 준수가 가장 괜찮을 것 같았다. 준수는 어차피 그들도 잘 모르는 사람이니까 말이다.

지은 씨가 준수에 대해서 많은 것을 물어보았다. 사실 지은 씨는 준수에 대해서 잘 몰랐다. 준수는 지은 씨에 대해서 잘 알고 있었지만 말이다. 그래서 나는 그녀에게 준수에 대해서 많이 알려주었다.

5.

　　준수가 그곳에 숨어 있다가 모든 것을 보고는 돌아왔다. "나동에 있는 지하에 있는 것 같아. 근데 무엇이 있는지 정확히 알 수가 없어. 그저 그곳에서 모여서 뭔가를 하고 있는 것 같아." 그가 말했다. 나는 준수하고 그곳에 한번 가 보기로 했다. 물론, 아무도 없을 때 들어가는 것이 낫겠다 싶었지만, 역시 문은 잠겨져 있었다. 자물쇠가 있었는데, 우리는 그 자물쇠를 망치를 가지고는 부숴버렸다. 그리고 그곳에 들어가 보았다. 들어가 보니, 큰 책상이 길게 늘어져 있었고, 큰 책상에 맞는 숫자만큼 의자도 가지런히 정리되어 있었다. 그리고 한 쪽에는 밀수입을 한 것인지 어디에서 어떻게 가지고 온 것인지 모르겠지만 총들이 많이 보였다. "이게 다 뭐야! 총이잖아." 우리는 사진을 찍었고, 이 모든 것들을 증거 기록으로 남겼다. 이제는 이 증거로 暗이라는 조직을 없애버릴 수도 있었다. 우리는 누군가가 올지도 모른다고 생각하고는 어서

문을 닫아버렸다.

그와 나는 우리 집으로 가는 걸로 했다. 이미 그곳에는 지은이
가 기다리고 있었다.

"총이라고요!"

그녀는 놀라는 표정을 지었다.

"네. 이것은 결정적인 증거예요."

나는 핸드폰 사진을 찍은 것을 그녀에게 보여주었고, 그러자 그
녀는 내 핸드폰에 있는 사진을 빤히 쳐다보고 있었다.

"그럼 이제 경찰서로 가면 되는 건가?"

준수도 핸드폰을 보았다.

"아니야, 그건 아니야. 그렇다고 해도 그녀의 범죄가 단순방조죄
로 가기에는 증거로 발견한 게 없어서."

내가 말했다.

"그렇군. 지은 씨가 모든 죄를 뒤집어쓸 수 있어요."

그는 나를 보고 대답했고, 그녀를 보았다.

"네, 제가 문제네요."

그녀는 낙담한 표정을 지었다.

"빨리 뭔가 수를 쓰지 않으면 넌 또 그들에게 생명의 위협을 당
할지도 모르고, 여차하면 지은 씨도 어떻게 될지 몰라."

준수는 격렬하게 말했다.

"그게 무슨 소리지?"

나는 궁금했다.

"성철은 자기의 집에서 네가 오기만을 기다렸어. 근데, 지은 씨랑 같이 네가 오자, 그는 혼란스러웠던 거야. 그래서 두 사람은 무사히 거기에 있을 수 있었고 빠져나올 수도 있었던 거야. 한데, 지금은 두 명에게 위협을 줄 수 있는 가능성도 높다는 거지. 그도 언제까지나 시간을 지체하지는 않을 테니까."

"그렇겠군. 시간을 끌수록 나쁜만이 아니라 지은 씨의 목숨마저도 위험하겠어."

내가 말했다.

"그럼, 앞으로 어떻게 해야 할 생각이야?"

준수는 걱정이 가득한 표정을 지었다.

"일단은, 내가 그를 만나봐야겠어."

"누구를? 유성철을 말이야? 너 미친 거 아니야? 도무지 제정신인 건가."

"걱정 마, 그를 우리 집으로 불러들인다고 해도, 아무 일도 없을 거야."

"어째서지?"

"그는 이미 혼란에 빠진 적이 있었잖아. 그가 우리 집으로 와서 나를 어떻게 할 수도 없을 거야. 여기는 우리 집이야. 뭘 어떻게 하겠어. 아마 아무 일도 없을 거야. 그보고 오라고 하면, 누군가를 데리고 올 수도 없는 거야. 여러 명이 있다면, 인터폰으로 다 보이는데 내가 문을 열어주겠어? 문을 열어주지 않겠지. 그리고 여러 명이 있어서 숨어 있다고 해도, 내가 문을 순간적으로 닫아버리면 그만이지. 근데 그럴 경우는 없어. 그는 아마 혼자 올 거야."

"그렇게 네가 옳다는 것을 예상하고 단정 짓는다면 좋아. 하긴 인간에게는 다 어떤 예감이라는 게 있고, 그것은 주체성을 만드는 데 도움이 되니까. 지금 바로 전화해서 약속을 잡아."

그가 나를 물끄러미 쳐다보며 말했다.

나는 그에게 전화했고, 전에는 성철 씨네 집에서 만났으니, 이번엔 우리 집에서 식사를 대접하고 싶다고 했다. 그는 당연히 승낙했다.

그가 우리 집에 왔다. 그가 초인종을 누르는 소리가 났다. 가서 보았더니, 역시 그는 혼자 들어왔다. 나는 문을 열었고, 그를 만났다. 그리고 나는 문을 열기 전에, 핸드폰으로 녹음기를 켜 두었다.

"초대해 주셔서 감사합니다."

"예, 일단 여기 앉으세요."

나는 그를 식탁을 데리고 와서 앉혔다. 나는 커피포트기에 물을 끓였다. 그리고는 그에게 차를 만들어 주었다.

"단도직입적으로 묻겠습니다."

나는 말했다.

"예, 뭐든지 말하세요."

"어쨌든 제가 누구인지 이미 알고 계신 거 아닌가요?"

그는 갑자기 깜짝 놀랐다.

"무엇을요?"

그는 모르는 척했다.

"지은 씨를 단순히 이용하고 그녀에게 죄를 뒤집어씌운 건, 너무 비열한 거 아닌가요?"

"크하하하하하하하"

그는 갑자기 크게 웃었다.

"그래, 내가 그랬어. 지은이를 이용했었지. 그때 공사장에 있었던 걸 알고 있었다."

그가 이어서 말했다.

"역시, 당신은 위험한 사람이야. 지은 씨를 이용하다니, 어떻게 그럴 수가 있는 거죠?"

나는 크게 소리쳤다.

"비열한 건 인정하지. 그러나 살아가는 데 두 얼굴도 필요한 건 당연한 거야. 너도 두 얼굴이 다 있어."

"네, 저도 두 얼굴은 있겠죠. 그러나 이렇게 사람의 의리를 저버리는 두 얼굴은 의미가 다른 겁니다."

"나에게 모욕을 주기 위해, 얘기하는 건 더 이상 용납하지 않아."

그는 안주머니에서 갑자기 칼을 꺼내 들었다.

"움직이지 마! 경찰이다."

뒤에서 갑자기 소리가 들렸다. 경찰이었다. 경찰이 총을 들고 말했다. 준수가 경찰을 불러서 이미 우리 집에 있었던 것이다. 그의 표정은 심각하게 초조해지더니만 절망적으로 변해있었다.

"더 이상 움직이지 말고, 손을 머리로 올려라!"

경찰들은 크게 소리쳤다. 그는 머리를 손으로 올렸고, 경찰들은 그를 체포했다. 나는 그녀의 죄를 그래도 단순방조죄로 만드는 데 성공했다.

"이제 그를 체포했으니, 법원에서 만나야겠소."

경찰들이 말했다.

"그녀의 죄는요? 단순방조죄로 되는 건가요?"

나는 불안해하며 경찰들에게 말했다.

"아마 그럴 것 같지만, 법원에서 판결이 날 것입니다. 유리한 증거들이 있으니, 걱정하지 마십시오."

나는 경찰들에게 남은 잔당들이 어디에 있는지 '모 아니면 도에 대해서 그리고 그 오래된 빌라의 지하에 대해서 말했다. 그리고 나에게 있는 핸드폰 사진도 첨부해서 증거로 제출했다. 경찰들은 유성철과 그의 일당들을 모조리 검거했다. 이 사건은 뉴스에도 나오고 유튜브에도 나와서 사람들에게 굉장한 이슈가 되었다.

경찰은 유성철과 그 일당들을 조사하기 시작했다. 그가 지은 죄는 반국가단체구성죄 기수는 아니었지만, 반국가단체구성죄를 지으려고 했었던 것 같기는 했다. 뭔가 그럴만한 증거들이 나왔다. 일단은 범죄단체조직죄는 확실했다.

이 사건은 드디어 재판을 하게 되었다. 재판에는 나와 그녀, 그리고 준수도 참여하였다. 그리고 사람들도 굉장히 많이 와서 지켜보았는데, 이 사건은 이미 앞에서도 말했지만, 사람들이 크게 관심을 가지게 되어서 그랬다.

"피고인은 할 말이 있으면 해보세요."

판사가 성철을 보았다.

"저는 잘못이 없습니다."

"어째서죠?"

검사가 말했다.

"저는 저의 옳음을 위해서 노력한 것일 뿐입니다. 제가 사람을 죽였나요? 사람을 괴롭혔나요? 누구에게 사기를 쳤나요? 저는 남에게 피해를 준 적은 단 한 번도 없습니다. 그리고 여기서 저를 믿고 따라온 저의 사람들도 잘못은 없습니다. 그들도 저의 옳음을 믿고 따라와 준 것이 전부입니다."

성철에게는 대략 10명 정도의 사람들이 있었다. 그들은 모두 성철과 함께 이번 사건에 피고인으로 되어 있었다. 성철은 그들의 우두머리였다.

"피고는 아직 어떠한 점도 반성하지 못했습니다."

검사가 판사를 보았다.

"제가 반성을 해야 하나요? 제가 가지고 온 금서는 분명 '범죄의 정당성'이라는 책이었습니다. 그 책을 보고 그 책에 있는 이념으로 반국가단체구성죄를 지은 것도 아니며, 우리는 그저 같이 마시고, 즐기며 놀았던 겁니다. 나의 옳음과 함께, 여기에 있는 사람들과 이상을 얘기하며 자유롭게 지냈던 것뿐입니다."

성철이 말했다.

"맞습니다. 저희는 모두 그저 같이 뜻을 같은 사람들끼리 조금이나마 유쾌한 일들을 즐겼습니다."

성철의 주변 사람들 중 한 명이 이와 같이 말하자. 모두 다 같이 똑같은 말을 했다. 갑자기 법원이 너무 시끄러워졌다.

"조용히, 조용히 해주세요."

판사가 말했다.

"변호사 측 이야기하십시오."

판사는 법정을 엄중한 분위기로 만들었다.

"그들에게는 죄가 없습니다. 아직 범죄단체를 조직했다는 어떠한 확실한 증거도 발견하지 못했습니다."

변호사는 냉소적으로 말했다.

"아닙니다. 증거가 있습니다. 여기 사진을 보십시오."

검사는 준비한 PPT 영상을 켰다.

"여기 사진을 보시면, 수많은 총기류가 보입니다. 이 총기류는 '모 아니면 도'의 빌라에서 발견된 것들입니다. 이런 총기류라면 충분히 범죄단체를 조직하여 국가안보를 위협하는 반국가단체구성죄를 저지르려고 했던 것이 분명하다는 것을 알 수 있습니다."

검사는 화면을 보며 이어서 말했다.

"제가 아닙니다. 제가 한 것이 아니라, 저기 있는 강지은이 한 겁니다."

그는 손가락으로 지은이를 가리켰다.

검사는 이어서 내가 제출한 핸드폰으로 녹음한 음성을 틀어주었다.

"재판장님, 그녀에게 죄가 있다면, 잘 모르고 금서를 전해준 것밖에 없습니다. 그녀는 단순방조죄일 뿐입니다."

검사가 그를 쳐다보았다.

"그래요. 제가 시켰습니다. 모두 제가 한 것이죠. 근데, 그녀에게 시켰더라고 하더라도, 그게 그렇게 큰 죄인가요? 우리가 금서를 본 게 큰 죄가 되나요?"

그가 말했다.

"금서를 본 것은 큰 죄는 아닐지 모르겠으나, 그것으로 인해 범죄단체조직을 만들었고, 반국가단체조직을 만들려고 한 것은 사실입니다."

"하하하하하, 정말 웃기는군요. 지금 제게 이러는 건 옛날 중국의 역사에서 진나라 진시황 때 있던 분서갱유 사건과 다를 것이 없습니다. 나라에서 옳음을 찾아가는 한 사람에게 옳음을 구하지 못하게 하는 것이 어찌 정당합니까?"

"금서는 읽어서는 안 되는 겁니다. 금서를 읽은 사람들은 사상적으로 문제가 생깁니다. 그들은 사회에서 문제를 일으키며 국가의 질서에 혼란을 낳을 뿐입니다."

"제가 사회에 무슨 혼란을 일으키기라도 했습니까?"

"그렇다면, 거기에 있는 많은 총기류는 무엇이죠?"

"그건, 그냥, 불법적으로 매입을 한 것은 맞습니다만, 제가 그 총으로 누구를 죽이려고 한 적도 없으며, 지금 저하고 같이 있는 사람들도 고작해야 10여 명입니다. 어찌 제가 반국가단체구성죄를 조직할 수 있겠습니까?"

"그렇다면, 피고는 단순방조죄를 저지른 저기 강지은 씨에게 어째서 금서를 가지고 오라고 하고 누명을 씌우려고 한 것이죠? 자신은 아무 범죄도 저지르지 아니한 것처럼 말이에요."

"이상을 추구하다 보면, 무고한 고통이 저를 움직이게 하고 깊은 밤에도 별이 영롱하다는 것을 보면서 시간이 지나면 아침이 온다는 것을 경멸하게 되니, 사랑이 너무 걸리적거린다고 생각되더군요. 제가 생각한 건, 모든 것을 다 가질 순 없다는 겁니다. 이상을 위해서 사는 것은 자기 자신을 위해서 사는 것이며, 사랑을 위해서 사는 것은 남을 지키기 위해 사는 것이죠. 저는 남을 지키기보다는 저 자신을 위해서 살기 위해 사랑을 포기한 것입니다. 기회가 오고, 더 높은 이상을 위해서 살려고 노력하다 보면 어쩔 수 없는 일도 생기는 법이죠. 사람들도 돈과 사랑 중에서 돈을 선택하는 사람도 있는데, 그렇다면 그런 사람들은 죄가 없나요?"

"일단은 사랑을 이용하여 그 상대방에게 누명을 씌운 건 사실입니다."

검사가 앞으로 걸어 나오면서 말했다.

"그게 법적으로 저에게 제재를 가할 수 있는 기준이 되는 건가요? 제가 그녀에게 누명을 씌운 건 사실입니다. 하나, 그것은 관점에 따라 다른 것이라고 봐야죠. 법의 관점에서만 해석하고 그녀의 입장을 중시했다면 저는 분명 범죄자이지만, 저의 옳음과 여기에 같이 있는 사람들에게는 그렇지도 않죠. 물론, 제가 그녀에게 잘못은 했습니다. 하지만, 금서를 본 것에 누명을 씌운 것 자체가 그렇게 큰 죄인가요?"

"큰 죄입니다. 재판장님, 저는 그의 아지트를 조사하다가 이런 것을 보았습니다. 이 문서를 보아주십시오. 이것은 '범죄의 정당성'이라는 책으로 자신들만의 조직에 대한 원칙을 수립하려고 했다는 증거입니다. '범죄의 정당성'은 옳음을 향해 나아가는 것은 범죄를 위해 나아가는 것 같다는 등 위험한 이야기들이 많이 실려 있는 책입니다. 그 책에 대한 내용을 바탕으로 조직의 원칙을 수립하고 조직의 규율을 체계적으로 만들었습니다."

검사는 문서를 손으로 가리켰다.

"예부터 금서는 있었습니다. 노자의 도덕경도 금서였었습니다. 그 외에 수많은 책도 금서로 있었습니다. 근데, 지금은 금서가 아닌 책들도 있습니다. 시대가 변하고 사회의 사상이 변하면 금서가 지닌 옳음에 관대해져도 상관없다는 것을 말하는 것입니다. 옳음은 이기적인 것입니다. 옳음에 주관과 소신이 분명하다면, 옳음은 언제나 정당성을 지니며 사람들은 공감하며 옳음에 동의할 것입니다. 제가 범죄단체조직를 구성했다고 하시는데, 그것은 범죄가 아니라 혁명입니다. 프랑스 혁명처럼 저에게는 혁명입니다. 그러니 범죄단체조직죄니, 반국가단체구성죄니 하는 범죄들은 도저히 인정할 수가 없었습니다. 저는 위대한 혁명가입니다."

"자기 자신에게는 축복일지 모르겠으나 남에게는 불행만을 줄 뿐입니다."

검사가 증거를 다시 보았다.

"진정 옳음에 매혹된다는 것은 그런 것입니다. 누구의 말도 들리지 않으며, 사랑마저도 죽일 힘이 생기는 것입니다. 옳음은 인간이 믿을 수 있는 신념이며, 움직일 수 있는 동력이며, 죽음도 두렵지가 않은 존재로 태어날 수 있기에, 우리는 옳음에 모든 가치를 부여하는 것입니다. 이 세상에서 옳음에 매혹된 상태에서 미친 듯이 뭔가를 하는 것만큼 아름다운 것은 없습니다. 그 누구도 그 아름다움을 방해하려 든다면 그 누구도 언쟁은 피할 수 없으니 차가운 시선과 가시가 박힌 비난과 냉혹한 절교만이 따를 것입니다."

"그건 그저 어리석은 짓일 뿐입니다."

검사가 말했다.

그는 계속해서 반론을 제시했는데, 그때마다 그가 하는 말은 무엇일까 생각해보면, 자신은 옳음을 위해서 노력을 한 것뿐이었다는 내용이었다. 그것이 금서라고 해도 마다하지 않는 것이었고, 그는 잘못이 없다는 내용이었으며, 국가가 금서를 금지한 것도 국가의 잘못이라고 얘기했다. 그는 심지어 니체가 말한 "신은 죽었다"라는 말도 했으며, 여기에 있는 모든 사람들은 아직도 신이 있다고 믿는 사람들이라고도 말했다. 물론, 금서를 본 것은 어찌 보면 그렇게 큰 범죄는 아닐 수 있다. 하지만, 그 책으로 반국가단체구성죄를 도모한다는 것은 큰 죄이다. 그 이유로 지은을 범죄에서 분리하고 단순방조죄로 처벌을 받게 하기 위해서, 다시 말해 금서를 본

죄가 아니라 금서를 단순히 전달해 준 그녀가 단순방조죄로써의 처벌받게 하기 위해 나는 그동안 그하고 신경전을 벌인 것이다. 다행히 그녀는 단순방조죄로 경미한 처벌을 받게 되었다. 집행유예로 밀이다. 그녀의 진심 있는 반성과 그리고 나하고 같이 증거를 수집하여 결백을 증명하려는 과정들이 정상참작이 되었다. 그녀는 재판을 받느라고 얼굴이 많이 야위었다. 마음고생을 많이 했을 것이다.

재판이 끝나고 밖으로 나왔는데, 재판을 유심히 지켜보던 사람이 지은을 따라왔다. 그는 유튜버라고 했다. 그는 지은에게 오더니 말했다. 물론, 나는 약간 떨어져서 그와 지은이가 얘기하는 것을 듣고 있었다.

"안녕하세요. 전 유튜버 유보일이라고 합니다."

지은도 그에게 자신을 소개했다. 그는 지은에게 궁금한 것이 있는지 물어보았다.

"유성철이 자신이 한 행동을 강력하게 부인했던 이유가 무엇이라고 생각하시나요?"

보일이 이어서 말했다.

"그것은 바로 그가 옳음에 대해서 너무 자신을 돌보지 않았기 때문이죠."

"그가 지은 씨의 마음을 배신한 것에 대해서는 마치 아무런 잘못이 없다고 들리는데요."

"왜 그를 원망하는 마음이 없겠어요. 저도 사람인데, 저는 그를 용서하지 않아요. 근데, 그에 대해서 깊이 생각해보면 그는 옳음에 모든 자신을 낭비하는 사람이라는 말을 하고 싶은 거 뿐이에요."

유튜버를 하는 유보일은 우리에 대한 이야기를 유튜브로 방송하고 싶다고 했다. 물론 지은이가 원치 않는다면 하지 않는다고 했지만, 지은은 상관없다고 했다.

그는 그렇게 떠나갔고, 나는 그녀에게로 다가섰다.

"제가 옛사랑을 잊지 못해서, 지금 사랑을 보지 못했어요. 절 원망하시나요?"

그녀는 내 눈을 자세히 보는 것 같았다.

"아니요. 전 지은 씨를 원망한 적이 없습니다. 원망을 했다면, 오직, 유성철만을 원망합니다."

"재판이 끝날 때까지 생각했어요. 만약, 저의 누명을 풀어주신다면, 진모 씨를 평생 마음에 두고 살겠다고요."

"저에게 지은 씨는 너무 과분한 사람입니다."

"아니에요. 진모 씨, 저는 그런 사람이 아니에요."

"아닙니다. 저에게 보내준 편지로 저는 참된 옳음을 알게 되었고, 그 만남이 계속되기를 바랐습니다. 힘든 역경이 있긴 했지만, 이번 일로 저에 대한 마음은 변치 않게 되는 계기가 되었기를 바랍니다."

그녀는 나를 지그시 눈으로 응시하더니, 나에게로 와서 안겼다.

　　그녀는 나하고 차를 타고는 바닷가를 향해 달렸다. 달리는 동안 그녀는 내내 창문을 열고 바람을 쐬기도 하면서 나를 은근히 살짝 쳐다보았다. 나는 차 뒤에 장미꽃 한 송이를 준비해두었다. 그녀에게 낭만을 선물해주기 위해서 말이다. 바닷가에 도착했다. 바다에서 들리는 파도 소리가 마치 나의 심장의 두근거림에 노크를 하며 문을 열어 달라는 듯이 나의 발걸음을 재촉하였다. 나는 그녀의 손을 잡고 바닷가 근처까지 갔다. 그리고는, 우리는 서로 준비한 연극을 했다. 바닷가에서의 바람은 우리가 하는 연극에 생동감과 역동성 그리고 모든 감정을 불러일으켜 주었고, 무엇을 하더라도 더 깊이 감동할 순간들을 행할 수 있도록 뜨거운 입술을 만들어 주었다. 그녀의 말 한마디에 나의 움직임은 영혼이 움직이는 것처럼, 아니 정말 영혼이 있다면, 영혼이 정말 느껴질 정도로 혼신을 실을 수 있도록 해주었고, 몸과 영혼이 하나가 된다는 것이 무엇인지 알게 해주었다. 그녀의 눈동자는 태양이 바다의 모래를 뜨겁게 달구듯 눈부시게 빛나고 있었고, 내 안에 사랑의 불꽃을 마구 솟아오르게 했다. 나는 그런 그녀의 눈을 볼 때마다 심장의 떨림이 나의 모든 오장육부에 막대한 영향을 미치는 것을 알 수 있었다. 나는 그녀와 그렇게 연극을 했고, 노래도 불렀다. 나는 그녀와 그렇게 입을 맞추었다. 그렇게 나는 그녀와 마주 보고 있었다. 그리고 갑자기 누군가가 멀리서 우리를 응시하는 것 같아서, 고개를 같이 돌리게 되었다. 이상하게도 이 순간만큼은 서로 고개를 돌리는 것도 똑같았다. 멀리서 누군가가 보였다. 그건 바로 유성철이었다. 근데, 유성철은 분명 사형당했다고 했는데, 유성철이 어떻게 여기에 있는 건지 알 수가 없었다. 나는 그녀와 다시 눈이 마주쳤고 다시 유성철을 쳐다 보았다.

"나야, 나 이준수!"

자세히 보니 그는 유성철이 아니라 이준수였다. 근데, 왜 그가 유성철로 보였던 것인지 이해가 가지 않았다.

"방금, 준수가 성철로 보이지 않았나요? 지은 씨?"

"예, 저도 성철이로 보였어요."

"지금까지 어리석은 사람들을 읽어주셔서 감사합니다"

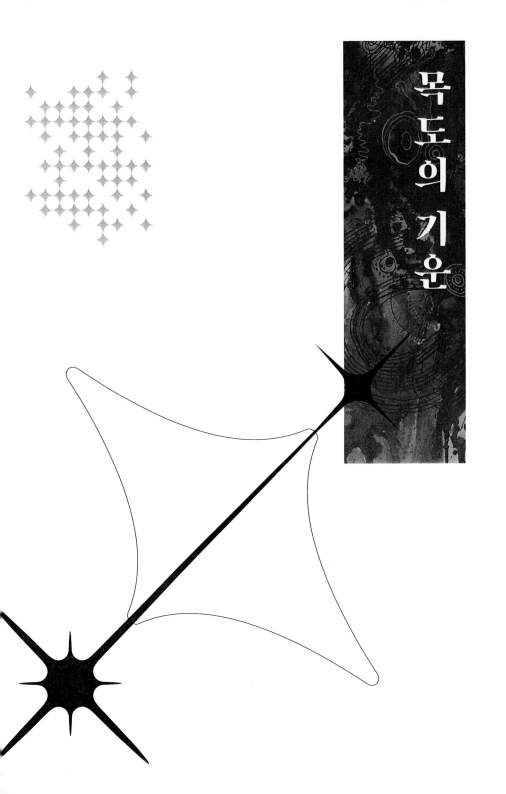

목도의 기운

1.

        그는 그녀하고 결혼해서 같이 살고 있었다. 그의 이름은 송진모이며, 그녀의 이름은 강지은이다. 그들은 집에는 가끔 고민에 대하여 이야기하며 서로의 생각을 주고받았다.

"요즘에 보면, 스토커 범죄가 많아지고 있잖아. 집착이 부른 거니까. 그것은 질투라는 감정에 스스로 빠져든 걸 거야. 다른 사람에게 빼앗기면 그 자체가 질투가 나서 견딜 수가 없을 테니까."

그녀는 뉴스를 보고는 사회문제에 관심을 가지고 있었다.

"우리는 처음에 순수성에서부터 시작되었는데, 그것을 잃어버릴까 봐 더욱 집착하는 걸까? 그러면?"

그가 말했다.

"응. 나는 그렇다고 생각해. 순수성을 잃어버릴까 봐, 사랑받기 위해 노력하기도 하고, 질투도 하고, 집착도 하겠지."

"그러면 그런 모든 사랑 받기 위해 하는 행동들이 무의미한 것일까?"

"아니, 너무 집착할 필요가 없다는 거야. 사랑받을 수 없다면, 그 것 또한 거기에서 만족해야 한다는 거지. 우리는 반성을 인정해야 해. 반성은 공허함을 인정한다는 것이지. 인간은 공허함을 느낄 때 극심한 고통을 느껴. 그래서 사람들은 공허함을 피하기 위해 집착 을 하는 것 같아. 또 반성이란 것은 그다지 하고 싶어 하지 않는 것 이 인간이 가지고 있는 성질 같기도 하고 말이야. 만일, 이별이 주 어진다면 집착하지 말고, 공허함을 마주하도록 노력해야 해. 집착 은 자기 자신을 망칠 뿐만 아니라 상대방에게 깊은 상처를 남기니 까. 근데, 아까 말했듯이, 이별은 곧 공허함으로 이어지기에, 그것 을 건디지 못하는 거겠지. 요즘에는 과학이 너무 발전해서, 너무나 쉽게 자극적인 일들을 만들 수 있고, 또 그곳에 한 번 빠지면 헤어 나오기가 어려운 것 같아. 무언가에 쉽게 빠지고, 헤어 나오지 못 하는 자기 자신을 즐기고 있는 것이고, 그렇게 자기 자신이 어떤 존재였는지를 망각하려는 것도 문제야. 그리고 자기 망각이라는 것 을 교제하는 사람에게도 적극적으로 투영하려는 것 같다는 생각 이 들어. 그것은 결국에 상대방을 힘들게 하며, 지나치게 소유하고 싶다는 소유욕과 함께 상대방을 지나치게 집착하게 돼.

어릴 때 보면, 인간이란 굉장히 순수한 존재 같은데, 어떻게 해서 이렇게 집착하는 괴물로까지 바뀌게 되었는지가 궁금하기도 해.

사람은 시간이 지나면 순수함에서 현실적으로 변해가는 것이 무엇인지 알게 되는 것 같은데, 집착하는 사람들을 보면 현실적으로 변해가는 자기의 모습을 인정하지 못하든지, 현실적으로 변해가지 못해서 집착하는 것 같다는 생각이 들어. 현실성을 깨달으면 그래도 공허함이 주는 반성을 느끼면서 자기의 모습을 정당화할 수도 있을 텐데, 그렇다면 그것이 조금은 더 마음에 평안을 준다는 것을 알게 될 텐데, 집착하지 않더라도 살아갈 수 있는 자신만의 궁지를 찾아낼 수 있을 테니까. 인간은 끊임없이 욕망하지만, 욕망할 수 있는 건 공허함이 존재하는 것을 인정하는 것이고, 모든 것들로부터 제한하면서 생각할 필요가 없다는 거겠지. 더 자유롭게 욕망을 가지려고 노력하는 것이라고밖에 말할 수 없겠어. 모든 것을 진심으로 느끼고, 바람 같이 날려 보내기도 해봐야겠지."

"나도 스토커 범죄가 심해지는 사회를 보면서, 사람들의 집착이 왜 이렇게 심각하게 심해졌는지 생각하게 될 때가 있었어. 사람들은 하나의 것에 너무 얽매여 있다고. 그것은 개인의 소외가 부른 것 같다는 생각이 들었어. 질투라는 감정도 공허함뿐만이 아니라 한편으로는 소외당하기 싫어서 생겨난 거라고 생각해. 집착도 마찬가지겠지. 개인이 느끼는 소외감을 부정하기 위해 그 감정을 사람에게 투영하는 것 그 자체로도 그것은 범죄로 충분히 이어질 수 있다는 거지."

"그래. 교제하는 사람에게 개인이 느끼는 절대적인 소외감을 적극적으로 투영하면 그 사람에게 집착으로 변질될 수 있겠지. 그것은 우리나라가 아무래도 대가족제도에서 핵가족으로 그리고 1인 가구 시대로 급속하게 변화하면서 생겨나는 현상인지도 몰라."

"1인 가구 시대로 가면서, 그리고 자극적인 것에 더욱 관심을 가지면서 집착이 더욱 심해지는데, 그것에 마땅한 자립심을 개인에게 심어줄 수 없어서 집착하게 되는 것 같아. 대가족, 핵가족 어찌되었거나 같이 사는 사람으로 느끼는 사람의 향기를 우리는 알고 있어. 한데 그 향기가 사라져버린 것, 그 자체로 소외감이 생겨서 견딜 수가 없는 것이겠지. 그리고 그것에 맞추어서 사회는 변화해야 한다고 생각해. 우리가 가지고 있는 우리의 절대적인 힘의 존재인 목도의 기운을 기억하면서. 목도의 기운은 우리에게 무엇을 해야 할지, 무엇을 하지 말아야 하는지 알려주잖아. 집착에 대한 이야기도 결국에 타인을 통해서 대상을 통해서 집착이란 안 좋은 것이라는 것을 알게 되었을 때, 자신도 집착이란 것을 하지 말아야 한다는 것을 깨닫게 하니까. 우리는 목도의 기운이 발동했을 때 자신을 생각해야 해. 무엇을 해야 하는지, 무엇을 하지 말아야 하는지, 목도의 기운을 생각하면서 충분히 결정할 수 있었으니까. 그리고, 우리는 개인에게 마땅한 자립심을 꼭 심어주어야 해. 그러면 집착하는 번뇌에서 벗어날 수 있을 것 같아."

"근데, 나의 목도의 기운으로 상대방이 나에게 집착한다는 것이 보인다면, 너무나 끔찍해서 견딜 수가 없을 것 같아."

"그건 나도 그래. 집착한다고 느껴지면 상대방이 무서워지니까. 개인의 자립심을 깊이 있게 고양한다면, 우리가 집착하는 그리고 질투하는 것에 대해서 덜 괴로워할 수 있을 거라고 생각해. 사실, 세상은 원래부터 이런 것이었다 말해주는 사람은 아무도 없었어. 다만, 사람들은 세상은 원래부터 이런 것이었다를 찾으려고만 하지. 그것을 계속 찾으려고 할수록 더욱 고통스러운 일들의 연속인데도 그런 일들을 계속하고 있어. 한데, 갑자기 이런 생각이 들어. 나는 공허함이 주는 반성을 제대로 인지하고 겸허하게 받아들이면 마음의 평온이 올 수 있다고 생각해."

그는 그녀를 쳐다보았다.

"개인 스스로가 공허함에서 반성하게 되면서 알게 되겠지. 그건 공허함이 주는 가치를 덤덤하게 받아들여야 한다는 거야. 현실적으로 된다는 건 그런 거야. 공허함을 깨달은 상태의 마음이 어떤 건지 알아야 하는 것이지. 뒤를 본다는 것은 공허함을 알려고 한다는 거지. 그것은 진정한 반성을 하는 의미하는 거라고 봐야 해. 우리는 너무 앞을 보고 가고만 있어. 우리나라 사회는 뒤를 보는 것을 허용하지 않지. 집에 오면 공부, 또 공부, 뒤를 돌아보고 반성하는 시간은 전혀 주어지지 않아. 혹은, 운동을 하기도 하고, 너무나 놀이문화가 발달하여 있어서, 뒤를 보기보다는 앞만 보고 달리는 것에만 몰두하고 있어. 그렇게 반복된 패턴에서 살고 있으면서 어떤 감정이 일어났을 때 대처하는 능력과 의사소통하는 능력은 떨어지고만 있어. 그래서 사람들은 너무나 쉽게 집착이라는 감정에서 벗어나지도 대처하지도 못하게 되는 것 같아. 물론, 이 문제가 모든 구체적인 집착을 해결하지 못하겠지만, 한 번 정도는 이런 각도에서 볼 필요가 있다는 거지. 공허함을 느낀다면 뒤를 돌아보고 생각하면서 스스로 반성이라는 것을 느끼게 될 터인데, 너무 사는 게 급하게 돌아가고, 앞을 내세우는 감정만이 굉장한 자랑거리가 될 거라고 생각하고 있어. 그것은 우리가 사는 잘못된 삶의 패턴이 어떤 일반적인 패턴을 만들어서 우리도 모르게 세뇌당하고 있다는 거야. 사람은 뒤를 돌아보고 성찰하는 시간을 가져야 해. 앞만 생각하고 자신이 한 일에 대해서 진정한 반성을 하지 않는다면 부끄러움과 수치심을 모르게 되는 것이니까."

"결국에는 순수했던 우리가 질투를 만나서, 그것이 집착도 될 수 있고, 그런 감정들과 투쟁하면서 번뇌하고 그러다가 공허함에서 반성을 알게 되고, 결국에는 현실적이게 된다는 얘기로 들려."

"그래, 맞아. 우리는 공허함이 주는 반성이 무엇인지 깊이 있게 생각을 해봐야 해."

그는 그녀와 이야기하다가 순수성에 대해서 깊이 생각하게 되었다. 그리고는 부엌에 있는 식탁에 앉았다.

"여보, 갑자기 왜 이리 기운이 없어? 아까까지는 같이 말 잘했잖아."

그녀는 그에게 걱정하는 표정을 지었다.

"아니야. 아무것도."

그는 방에 들어가 버렸다.

"아, 현실이여, 내가 살아 있다는 생동감이나 역동성이 나에게 주는 순수성은 예전보다는 더욱 무기력하네. 사는 것은 얼마나 공허하고 허무한지, 내가 언제 이처럼 변했던가. 아 무기력하고, 무감각해지는 나의 보잘것없는 지금의 모습은 너무나 초라하고 비참하게만 느껴지면서 회한의 목소리가 점철되어 사무치네. 내가 아직 유아였을 때, 언어의 단어만을 배우더라도 웃음이 저절로 나와서 견딜 수 없을 때가 상기되는구나. 모든 것의 시작이 멈출 수 없는 욕망이었다면 공허함을 인정하지 않고 눈앞에 보이는 것만을 선호하여 질주하던 어린 시절은 나에게 지금은 무엇으로 생각되어야만 하는 것일까?"

그는 스스로를 돌아보았다.

"누구나 한 번쯤은 마주하는 이야기를 하고 있군. 삶에 순수하게 타오르던 어린 시절은 한 번쯤 돌이켜보는 진한 향수의 향기처럼 매혹되기 마련이지."

어떤 목소리가 들렸다.

"이걸 마셔보라고."

어떤 목소리가 이어서 말했다.

그는 그 목소리가 말하는 대로 컵에 담긴 그 어떤 액체를 한 번에 다 마셔버렸다.

✳
✳

"어떻게 이야기를 시작해야 할지 모르겠어요."

그녀의 목소리는 잔잔한 파도가 마치 긴장하듯이 떨리는 목소리는 내가 숨을 쉬고 있는 숨소리도 썰물을 인위적으로 만드는 느낌을 주었다. 그녀의 목소리는 그만큼 어떤 이야기를 시작하기에 어려움이 충분히 주어진 것이다.

"마음을 편안하게 가지시고 모든 것을 털어놓으세요. 그래야 속도 후련해지고, 편안한 마음을 가질 수 있습니다."

나는 그녀의 두려움을 보면서, 그녀를 두려움에 떨게 하는 공기의 흐름을 멈추어지기를 바랐다. 미세한 공기의 떨림에서 나는 그녀의 주변에서 느껴지는 미세한 에너지들이 공기의 흐름을 만드는 것 같은 생각도 들었다.

"제가 그렇게 할 수 있을까요?"

그녀는 나를 또렷하게 살폈다. 그녀의 눈동자에는 마치 어떤 도전할 수 있는 호기심에 순수성이 묻어나는 느낌이 들었고, 그것은 나에게서 그녀가 안정감을 느낄 수 있을 것 같은 신호를 주는 것 같았다.

"할 수 있습니다. 마음을 먹으세요."

나는 기자로 일하고 있었다. 물론, 시민기자이다. 마을에서 사람들의 이야기를 수집하러 다니고 있었다. 그러던 중에, 나는 그녀를 만나게 되었는데, 그녀는 이상한 힘이 있다는 소문이 있었다. 그녀가 가지고 있다는 이상한 힘에 대한 소문은 마을에서 모르는 사람이 없을 정도로 퍼져나가고 있었는데, 나는 사실 그 소문을 그다지 믿지 않았다. 게다가 지금의 시대는 과학적인 근거가 없다면 잘 믿지도 않는 시대이다. 근데, 그녀는 내가 살고있는 집에서 그다지 떨어져 있지 않은 곳에 살고 있었고, 그녀의 소문은 너무나 많이 들리게 되었다. 그리고 가끔은 길 가다가 마주치는 일이 있었지만, 그때 무슨 이야기를 그녀에게 한다거나 물어본다거나 그러기에는 힘이 들었다. 인사도 하지 않고 사는 사이라서, 무언가를 물어보기란 더더욱 어려울 뿐이었다. 그래서, 자연스러운 계기가 필요했는데, 그녀와 난 여러 번 마을에서도 얼굴을 많이 마주친 적이 있

었던 것이 도움이 되었던 것 같고, 결정적으로는 그녀가 마을에서
하는 행사에 물건을 사러 나왔을   때, 내가 알고 지내는 지인이랑
같이 나온 것이었다. 거기에서 그녀하고 조금은 더 가까워질 수 있
는 일이 된 것이다. 나는 그녀에게 시간을 내서 그녀의 이야기를
들려달라고 했다. 그녀는 처음에는 거절하였지만, 지금은 나에게
이야기하겠다고 했고, 처음 이야기를 떼는 것이라서 망설이고 있는
것이다.

　그녀의 눈동자는 뭔가 바다 깊은 곳을 바라보는 것처럼 느껴졌
고, 나를 차분하게 만들어주고 진정시키는 기운을 만들어주고 있
었다. 아니, 진정시키는 기운이라고 보기에는 내가 흥분한 것도 아
니지만 그녀의 기운이 나에게 어떤 흥분이 있더라도 그 흥분이 일
어나지 못하게 하는 것이다. 나 또한 그녀에게 어쩔 수 없다고 해
야 할지 모르겠지만, 그녀에게 나오는 기운의 느낌은 그녀를 상냥
함과 자상함으로 대하게 하기에 충분했다. 나는 최근에 이렇게까
지 상냥함과 자상함으로 사람을 대해준 적은 없었던 것 같은데, 그
녀는 최대한 정성을 쏟아 붓게 하였다. 그녀의 눈을 바라보는 것만
으로도 나를 경직되게 만들면서 조심스럽게도 만드는 그녀의 기운
은 그녀가 가진 그녀만의 힘일 것이다. 기운, 그것은 우리가 쉽게
목도할 수 있는 것이며 우리는 그 기운으로 많은 것을 볼 수 있다.
그러나, 소문에 의하면, 그녀가 가진 힘은 이 힘을 잘 사용하여, 뭔

가 사람의 깊은 내면을 본다는 것이다. 그녀는 나를 지그시 쳐다보더니 말을 이었다.

"처음에 언제부터였는지, 잘 기억이 나지는 않습니다만, 저는 그저 단어를 익히기에 바빴던 어린 시절부터 이야기를 해야겠습니다. 그때는 그저 단어를 익히더라도 웃음이 저절로 터져 나오는 시절이었어요. 자전거, 기차, 나비, 가위 등 그런 이야기만 들어도 웃음이 절로 나와서 저는 웃기에 바빴습니다. 그런 시절은 아마 누구나가 있을 거로 생각해요. 그러나 시간이 지나면서 그런 것에 웃음을 느끼지는 못했습니다. 그러다가 단어 자체가 의심스럽기 시작했고, 이것이 책상이라면, 어째서 우리 집에 있는 것도 책상인데 어째서 학교에 있는 책상도 책상이지? 라는 생각이 들었어요. 물론, 그것은 다 같은 책상이었지만, 책상의 모습은 분명 달랐습니다. 근데, 사람들은 모두 그것을 모두 그저 책상이라고 불렀어요. 그것은 분명 책상이라는 말을 의심하기에 충분했습니다. 너무나 보편적인 단어 한가지로 사람의 생각을 경직시키고, 표현의 자유를 억압한다고 여겼어요. 저는 용납할 수 없었고, 세상이 주어진 모든 보편적인 단어들이 저를 괴롭힌다고 생각했어요. 이미 표현은 억압되어 있고, 인간에게 자유는 없는 것이라고 여겼습니다. 그런 언어가 주는 고통은 충분히 자유를 억압하고 사람들과의 의사소통의 한계를 이미 규정지을 수 있다고 여겼어요. 내가 생각하는 것과 사람들이 생각하는 것의 일치성, 사람들은 그런 것들을 제게 많이 주입하고는 했었죠. 마치 달팽이를 손으로 톡 건드리기만 해도 달팽이는 껍질로 들어가 버려서 껍질만 보이게 하는 그런 껍질만을 보고 싶어서 그런 것인지, 어쨌든 제가 생각하기에는 그런 달팽이들의 반응처럼 움직이길 바랐던 것 같아요. 그리고 그것이 의사소통하는 길이라고 하면서 저를 타일렀습니다. 저는 견딜 수가 없었어요. 그것이 어떻게 의사소통인지도 저는 납득할 수가 없었습니다. 그것은 이미 표현의 자유를 억압한 것인데, 그것을 어떻게 의사소통이라고 할 수 있는지. 그러나 제가 생각하는 것을 옳다고 내세우면 사람들과 갈등이 계속 생겨날 것 같았어요. 그래서 저는 사람들의 보편적인 생각을 따라가는 것이 옳다고 여겼죠. 저는 어쩔 수 없이 사람들에게 기쁨을 주기 위해서 움직일 수밖에 없었던 것이에요. 저를 괴롭히고 있는 모든 언어들의 표현이 사람들에게는 기쁨이 되는 증거가 된다는 것을, 저는 참을 수 없었지만 그럴 수밖에 없었던 거라는 얘기예요. 게다가, 저는 이런 질문을 시작하고 나면 질문이 너무 많아져서, 질문이 많다는 이유로 친구들에게도, 사람들에게도 심한 따돌림도 당하기도 했었어요. 여기까지가 대략 제가 중학생이 되기 전까지 있었던 일이었습니다."

"그 말은 그럼, 사람들은 그저 아무 생각 없이 맹목적으로 무언가를 추종할 수도 있다는 걸로 들리는데요. 그런가요?"

나는 그녀의 이야기를 들으며 그녀에게 물었다.

"네, 그렇죠. 사람들은 그저 보편적인 단어가 모든 사람들의 소통을 원활하게 해 주고, 마음의 안정을 얻게 해주니, 그렇게 대상으로부터 만족을 얻는 것이 최대한의 기쁨을 누리는 것이라고 생각한 것이죠."

"그럼, 지금 보이는 모든 것들은 결국에는 사람들의 보편성에 의해 조종당하고 있다고 봐도 되는 걸까요?"

"꼭, 사물에게 살아있는 것처럼 의미를 부여할 필요는 없지만, 우리가 보편성을 추구하여 언어를 사용하고 있다고 봐야겠죠."

그녀는 그렇게 말하고 나서 계속 말을 했다.

"저는 중학생이 되어선, 제 의사를 전달하고 싶은 마음이 생겼어요. 그러나, 저는 표현할 수가 없었습니다. 표현한다면, 저는 사람들에게 심한 따돌림을 당할 것이며, 사람들과 같지 않다는 생각들이 사람들이 저를 비난하는 하나의 재미를 느낄 것이 자명했기 때문입니다. 남을 위해서 저 자신을 포기하는 것은 저 자신이 거북스러움을 느낄 정도까지 오게 되었지만, 그래도 참아야 했어요. 제가 청소년기에 참았던 일과 그래도 참지 못하고 표현한 한 적이 있습니다. 그 이야기를 하면서 저의 청소년기를 이야기하겠습니다.

우선, 저의 중학생 시절의 이야기를 하겠습니다. 저는 지금도 보시다시피, 제 외모가 그래도 예쁘다 싶은 정도였어요. 그래도 꾸미고 다니면 아름답다는 말도 제법 들었을 것이라고 저는 생각합니다. 제가 키는 그다지 크지는 않습니다만, 제가 성장이 조금 빨라서 나름 몸매도 좋다는 말도 들었지요. 그래도 남들보다 성장이 빨랐었던 저로서는 남들이 저를 보기에는 좋게만 보지만은 않았다고 말하겠어요. 그래도 제가 타고난 제 외모적인 운명은 거부할 수 없었다고 말하고 싶습니다. 남들은 저를 보고 예쁘다고 말하지만, 그들에게는 분명 저를 질투하는 무엇인가가 있었습니다. 저는 그것을 발설하고 싶었지만, 발설하지 못했어요. 처음에 그것은 저에게 심각한 거짓말을 하게 하였습니다. 저에게 예쁘다고 말을 하는 사람들에게 저는 고맙다고 말하는 것이었어요. 그들의 가증스러운 모습들을 보고도 저는 그들을 지적하지 못하고 어쩔 수 없이 그들을 인정하며 감사의 표시를 하는 것이었어요. 그것은 저에게 마음에 심각한 충격을 주었습니다. 그녀들 중 누군가가 저에게 오더니만, 옆 반에 박수현이 너를 좋아한다는 말도 해 주었지요. 그녀는 저를 부러워했지만, 그녀 또한 마음속에서 시기하는 모습이 눈에 역력하게 들어왔습니다. 그러면 제가 지금 하는 말에 그녀들이 질투를 정말 했는지, 안 했는지 어떻게 아느냐고 제게 질문을 던지실 거예요. 그것은 제가 차차 말해드리겠습니다. 그녀들은 저에게 아름답다, 예쁘다고 하고는, 그리고 옆반에 박수현이 저를 좋아한다고 하고서는 박수현에게 가서는 제 험담을 늘어놓는 것이었어요.

물론, 저는 박수현이라는 남자에게 호감을 가지고 있었습니다. 그래서 저도 그에게 다가가서 저의 다정하고 친절한 모습을 보여주고 싶었어요. 그렇게 그하고 대화를 이어가고 싶은 마음이 많았습니다만, 저는 제가 그러지 못하리라는 것을 알게 되었어요. 그것은 그녀들이 제 험담을 너무나 적나라하게 수현에게 해서, 저는 그것이 항상 마음에 걸리는 것이었지요. 그녀들은 험담으로, 제가 인기가 많다고 하며, 이 남자, 저 남자에게 눈길을 주고 호의를 베푼다며, 저에 대해 나쁘게 얘기하는 것을, 제가 들었어요.

저는 분명 그녀들에게서 느껴지는 질투가 어떤 기운을 띠고 있었다는 것을 말해주고 싶습니다. 그러나, 그 후에도 그녀들은 저에게 와서 저에 대해서 칭찬을 아끼지 않았어요. 저는 그녀들과 마찰을 일으키고 싶지 않은 마음이 들어서 그만, 그녀들의 말에 긍정을 하고, 그녀들에게 나를 질투하여 수현에게 나의 험담을 하였다는 말은 하지 못했어요. 게다가, 질투한다, 당신은 지금 저를 질투한다는 말을 상대방에게 직설적으로 말하는 것은 저에게는 큰 고난이었어요. 아니, 아마 모든 사람들은 "당신은 저를 질투하셨죠?"라는 말을 하기는 어려울 것으로 보입니다. 그 말은 상대방의 추악함을 지적하는 말로, 말하기에도 거북스럽고, 듣는 사람에게 큰 충격을 안겨줄 거라는 사실이었죠. 게다가, 그 말을 하고 나면 저 자신은 꽤나 잘난 사람처럼 그 사람에게 평가받을 거란 사실이에요.

나 자신이 상대방보다 나은 사람이라고 면전에 얘기하는 꼴이 되니까요. 그래서 "당신은 저를 질투하셨죠?"라는 말은 하지 못하는 것입니다. 저는 그런 기분이 계속 들면서 제가 학교생활을 잘 적응하지 못하는 것은 아닐까? 이런 생각을 하게 되었어요. 저의 어린 시절에 있었던 제가 느꼈던 언어에 대한 보편성에 긍정하면서 살아야 하니까. 그것은 결국에는 계속 내 안에서 묵시적으로 자유의 억압으로 응고되어 있고, 이런 것들을 보이게 한다고 생각하게 되었어요. 게다가 그런 단어들로 자아 성찰을 저에게 요구하는 사회적인 요구에 어쩔 수 없이 따라야 하는 저로서는 자아 성찰을 이루어야 한다는 어쩔 수 없는 사회적인 합의를 수용해서 사회적인 책임감을 가지는 모습을 보여야 하는 이유가 있기에, 자유의 억압이 내 안에서 묵시적으로 응고될 수밖에 없는 것이구나. 그러니까, 하나의 성찰로 하나의 불행을 주는 그런 것의 연속이었던 건 아닐까 하는 생각이 들었던 거예요. 다만, 사람들은 하나의 성찰이 주는 기쁨에 사로잡혀 하나의 불행을 주는 것을 잘 모르는 게 하는 것 뿐이라고 여겼어요. 결국에는 하나의 성찰이 주는 기쁨에 도취되어 자신의 자유의 억압이 응고되어 가는 것을 모르는 것은 아닐까 하는 생각도 하게 되었었죠. 그리고서는, 저는 스스로 왜 내가 그런 생각을 했을까? 저는 스스로를 탓하기도 했어요. 그런 생각조차도 용납하지 않고 살았더라면, 아니, 아예 그런 생각이 시작될

실마리 그러니까 언어에 대한 보편성에 대해서 긍정해야 하는 것에 대한 경멸감, 그런 생각들이 왜 저에게 주어지셨는지 생각할수록 고통이 찾아와서 저를 더욱 비극스럽게 만든 거라고 여겼죠. 비극스러운 운명을 예감하려고 하는 것들의 발상이 되는 것들은 차단하기 위해 아예 생각을 하지 않고 살아가는 시도를 하는 것이 제일 좋은 수단이구나 싶었어요.

저는 그래도 어쩔 수 없는 보편성이라는 것에 마력을 느끼며 저 스스로가 파멸을 이끌지도 모르는 곳에 저를 끌고 가 버렸어요. 그 현상은 너무나 자연스러웠죠. 대지의 격동에 반응하는 동물들은 미리 직감하고 그곳을 떠난다는데, 오히려 저는 제가 스스로 대지의 격동을 피하지 않고 대지의 격동에 뛰어드는 꼴이 되어버렸어요.

이미 알고 있는데, 그것에 동의하는 것은 이상한 동정심을 불러일으키고, 연민을 느끼게 하는 것이죠. 저는 그렇게 연민에 빠진 거에요. 대지가 격동하는 데 제 몸을 신경 쓰지 않고 대지의 격동에 연민의 감정을 품은 것이죠. 저는 친구들이 다 하지 못하는 일에 저도 그만 하지 못한다고 했습니다. 그것은 체육 시간이었고, 체육 선생님은 새로 오신 남자 선생님이었는데, 제 친구들 중에서 체육 선생님을 좋아하는 사람이 유독 많았어요. 그중에서 김지영이라는 친구는 체육 선생님을 정말 좋아하여서 제게 체육 선생님이야기만을 늘어놓는 일이 많았어요. 그 친구는 뜀틀 운동을 잘하지 못 한다고 하길래, 저는 그만 제가 잘하는 뜀틀 운동을 저도 잘하지 못 한다고 한 것이에요. 사실, 김지영 말고도 뜀틀을 못 하는 친구들이 저희 반에서는 과반수 이상이었어요. 그런 현상 때문인지 저도 모르게, 뜀틀 운동을 못 한다는 말을 하게 되더라구요. 그 후에, 저도 뜀틀 연습 시간에 항상 저도 잘 못 하는 척하게 되었었죠. 한데, 제가 뜀틀 넘기 시험 보는 당일날에는 뜀틀을 제 실력대로 넘어 버려서, 체육 선생님의 칭찬을 듬뿍 받게 되었어요. 친구들은 그런 저를 보며 지금까지 나를 위해주는 척했던 거였냐며 저를 나쁘게 얘기하였습니다. 저는 앞에서 언급했던 것처럼 이상한 동정심을 이미 눈치채면서 보편적인 현상에 동의하게 된 거예요. 그리고 이미 연민에 빠져 있었던 것을 알 수 있었던 거죠. 그러니까 다시 설명하자면, 목도의 기운에서 친구들이 뜀틀을 잘 하지 못 한다는 말을 하면서 저도 뜀틀을 잘 하지 못하길 바라며, 저도 뜀틀을 잘 하지 못하는 것에 동의하기 바라는 마음이었다는 것이 보인 것이었어요. 저도 뜀틀을 잘한다는 말을 하지 못하고, 그저 나도 모르게 친구들의 말에 동의를 한 것은, 친구들에게 보인 목도의 기운에 동정심이 일어나서 친구들에게 연민을 느껴서라고 말하고 싶네요.

그 후에, 저에게 행한 그녀들의 악행은 거기에서부터 심하게 시작했어요. 제가 할 수 있는 뜀틀을 그대로 할 수 있다고 발설하지 않고, 뜀틀을 할 수 없다고 보편성에 저 자신을 두려고 한 것에 대한 보복이었나 싶었습니다. 저는 그만 학교에서 그날부터 친구들에게 따돌림을 심하게 당하게 되었고, 저에게 있었던 한 명의 친구마저도 저를 차갑게 외면하며 저에게 거리감을 두며 서서히 멀어져만 갔어요. 제가 견딜 수 없었던 것은 저에게 친한 친구마저 저를 외면한 것이에요. 물론, 제 입장의 분명성을 제 친구에게 전달했다면 친구는 저를 이해할 수 있었을까? 그러나 제 입장의 분명성을 그녀에게 전달하기에는 무리가 있었다고 말하고 싶어요. 그녀는 저를 이해한다기보다는 제가 너무나 심한 자기합리화를 한다고 생각할 것이 분명했으니까요. 게다가, 저의 입장을 들어 보지도 않고, 그저 저의 태도의 불순함만을 눈으로 보고 그저 한번 겪은 것만으로 저에게도 있는 좋은 점들을 한순간에 나쁜 점만 있는 사람으로만 매도하여, 저에게 채찍질을 가하는 사람들과 같이 어울리며 저를 험담하고 다니는 것을 제가 보고 듣게 되어서, 저는 도저히 그녀에게 제 입장을 전달할 수가 없었어요. 저는 그 후에, 중학생의 시절을 홀로 외로이 보내야만 했습니다.

　저는 고등학생이 되었어요. 물론, 학교는 그들이 있는 곳과는 다른 곳으로 가려고, 제가 있는 곳에서보다는 더욱 먼 곳으로 가려고 하였고, 먼 곳에서 새로운 친구들과 다시 잘 지내고 싶었어요.

그러나 고등학생의 생활도 중학교 생활과 마찬가지로 가혹했어요.

저는 고등학생이 되어서, 제가 계획한 것은, 저에게 보이기 시작한 목도의 기운의 정체를 제어해야 한다고 여겼어요. 그리고 그 기운의 정체에 대해서 반응하지 않으며 스스로 그 기운을 불러들이지 않도록 주의를 해야 한다고 여기는 것이었어요. 그러나 그것의 기운은 더욱 커지며 저에게 더욱 많은 의혹을 남기며 저에게 기운이 남긴 메시지를 남에게 발설하게끔 하는 것이었었죠.

고등학교 생활을 시작하면서, 저는 자연스럽게 처음 보는 친구들과 얘기하며 그럭저럭 학교생활에 만족하며 살고 있었어요. 그러나 제가 중학생 시절 저지른 저의 만행을 어떻게 들었는지 그 사건에 대해서 듣고서는, 저에 대해서 안 좋게 말하는 친구들이 하나둘씩 있다는 것을 알게 되었어요. 저는 스스로를 이 술렁거리는, 귓가에 들리는 나의 험담이 멈추기를 바라기만 하였지만, 안타깝게도 고등학교 생활도 저의 험담은 끊이지 않을 것이라고 생각하니, 앞날이 너무나 어둡고 추워서 어떤 밝은 빛이 비치더라도 그 빛을 따스하다고 온전히 느끼기가 어렵다고 생각했어요. 마치, 저 자신은 사람들의 눈치를 많이 보게 되는 그런 느낌이 들었어요. 그 것은 목도의 기운을 더욱 강하게 만들어 주기에 충분하였고, 저는 더욱 보편성에 긍정하는 저 자신을 만들어야 한다고 생각하게 되었지요.

그러나 오로지 한 친구만은 저를 저로서 생각해주는 것 같았어요. 저는 그녀에게서 그런 목도의 기운을 느낄 수 있었어요. 저는 제 목도의 기운이 저에게 말해주는 것이 처음으로 있어 주어서 고맙다고 생각하였죠. 저는 지금까지 그 기운에 대해서 신의 저주라고 싫어한 적도 있었지만, 지금은 고맙고 소중하게 생각하였어요. 인간이란, 원래 이렇게 기회주의자인가라며 저 스스로를 돌아보는 반성의 기회도 가지게 되었고, 겸손의 미덕도 다시 고려하며 성찰하는 시간을 가지게 되었어요. 그러나 그렇게 생각했던 모든 것이 다시 후회하는 시간으로 돌아왔어요.

저는 저를 믿어주는 친구가 저에게 영화를 보러 가자고 하기도 했고, 같이 노래방에서 노래도 부르자고 했어요. 저는 그 친구하고 같이 놀러 다닐 때 너무나 즐거웠습니다. 저는 그런 친구가 제게 생긴 것만으로 행복하고 기뻤습니다. 친구의 생일날, 친구는 저만 초대하기로 하였는데, 조금 친하게 지낸 친구가 생긴 건지 그 친구도 초대하고 싶어 했어요. 그러자, 어디서 그런 소식을 들은 건지, 저와 제 친구를 별로 좋게 생각하지 않는 친구들이 자신들은 왜 초대하지 않느냐고 화를 내는 것이었습니다. 근데, 저와 제 친구도 그 친구들을 초대할 생각은 없었습니다. 아무래도 조금 친하게 지낸 친구가 소문을 낸 것이라고 생각이 들었어요. 그러나 그런 부분까지, 이것은 비밀이니까, 우리들만 알아야 한다고 저나 제 친구가 먼저 얘기하기에는 무리가 있었습니다. 생일이니까, 초대하는 걸 비밀로 할 만한 일은 아니라고, 아니 아예 그런 생각조차 하지 못했었죠. 그래서 우리는 그저 그녀를 초대한 것인데, 이야기가 다른 친구들에게도 퍼져나간 것이었어요. 저는 거기서도 그 친구들이 분명 제 친한 친구의 생일 파티에 오게 되면 안 좋은 일이 생길 것 같은 예감이 들었습니다. 그녀들은 그저 초대받지 못한 자들의 소외감을 가지고 있었어요. 그래서 그저 초대를 받고 싶은 마음만 앞세워서 초대를 강제적으로 받은 것이에요. 저의 불길한 예감은 그녀들의 소외감을 본 것에 있었어요. 물론 누구나 소외감을 가질 수 있지만, 그녀들이 진정한 소외감을 가지는 것은 저와 제 친구를 별로 좋지 않게 생각하지 않는 사람들이 가질 수 있는 마음이 아니었으니까요. 마치, 가식적인 소외감을 만들어내는 느낌이었어요. 그리고 그 목도의 기운을 그대로 그녀들에게 직접적으로 얘기하지 못하는 것은 중학교 때랑 같았죠. 저는 그녀들에게 "너희들은 하나같이 가식적이야. 그저 가식적인 소외감을 가지고 그것을 우리에게 보상받으려고 했어. 이것은 잘못된 거야."라고 말하지 못했어요. 저는 제 친구에게도 그런 얘기는 하지 못하였어요. 아니 어떤 가장 가까운 사람이 있다고 하더라도 그런 얘기는 하지 못할 거라고 저는 자부해요. 그런 이야기를 누군가에게 한다면, 그 친구들은 그저 초대받고 싶어 해서 그런 것이지, 가식적인 소외감 때문이라고, 그런 감정이라고까지 생각한 저를 나무랄 것이며, 그러니까 네가 친구가 없는 거지라는 말을 할 것이라고 생각이 들었어요. 그리고 정말 그럴까? 한 번 더 짚고 넘어가기 위해 저는 이미 정해진 답을 마음속으로 생각만 하고, 다른 모르는 사람과 상담을 해 보았지만, 상담은 역시 내가 생각한 대로 흘러갔어요. 저는 대화도 어느 때부터인가, 시도해 봐야 아무런 소용이 없다는 것을 알게 되었는데, 방금 상담 내용이 그런 것이었어요. 때론, 어떤 대화도 소용이 없다는 거예요. 이미 대답은 정해져 있어서, 내가 무슨 말을 해도 어떠한 소용이 없는 것이었어요. 결국에는 대화는 필요가 없는 것이고, 당할 사람들은 당할 수밖에 없는 일도 있다는 것을 알게 되었지요. 차라리 자신이 가진 목도의 기운을 더욱 믿는 것이 더욱 바람직한 결과가 나오는 것은 아닐까. 차라리 목도의 기운을 써버리는 것이 상담하는 것보다는 시간을 낭비하지 않고, 나 자신의 마음을 더욱 확고하게 만들어 주는 것은 아닐까 하는 생각도 하게 되었지요.

그 친구들의 마음을 꿰뚫고 있던 저는, 그 사실을 그저 간직한 채, 제 친구의 생일 파티에 참석해야 했습니다. 아니나 다를까, 그녀들은 하나같이 돈을 내지 않고 그냥 나가는 것이었습니다. 먹을 것을 푸짐하게 먹고서는 갑자기 다 사라져 버렸습니다. 저와 제 친구는 그 자리에서 남게 되었어요. 물론, 제 친구가 가깝게 지내던

친구 한 명은 사라져버린 친구들과 같이 어울리며 우리를 비웃으며 떠났습니다. 저는 제 친구와 서로 껴안으며 눈물을 흘리며 흐느꼈어요. 다행히, 그래도 돈은 충분히 가지고 있었지만, 우리는 더이상 친구들의 시선이 좋게만 보이지 않았어요. 그때까지만 해도 저는 제 친구와 동병상련이라는 감정을 가지고 있었어요. 그래도 제게는 유일한 고등학교 시절의 친구였으니까요.

 그러나 문제는 그다음에도 또 생겼습니다. 저는 제 친구의 기분을 헤아리다가 그만 저는 목도의 기운이 알려준 정보대로 안 좋은 일이 생기게 될 것이라는 징조를 미리 알려주게 되었어요. 그것은 바로 제가 전에 친구들이 갑자기 사과를 하며 제 친구에게 접근하는 것을 보면서였어요. 저는 제 목도의 기운이 "절대로 그들을 믿지 말라, 그들은 너를 가지고 놀 것이다"라며 그들과 거리를 두라고 저에게 경고하는 느낌을 주었어요. "그녀들에게는 악이 붙어 있어. 악령들이야."라고 말이에요. 그래서 저는 제 친한 친구에게 그 이야기를 했어요. 그러나 그것이 발단이 되었어요. 그녀는 제가 그녀를 질투하고 있다고 생각한 것이었어요. 다른 친구들과 친하게 지내게 될 자신을 질투하고 있다고 생각한 것이죠. 저는 결코 그녀를 질투한 적이 없었어요. 저는 정말로 그녀들의 가식이 눈에 보였고, 그 분명함은 제게 확고함을 알려주었고, 저는 제 친구를 위해서 더 이상 그녀가 아파하지 않기 위해서 노력을 한 것인데, 그녀는 오히려 저를 배신자라고 소리치며 저를 비난하고 저에게 다시는 연락하지 말라고 한 것이에요. 저는 분명 목도의 기운이 일러 준대로 친구를 위해서, 어쩌면 친구가 내 말을 믿지 않을 수도 있었겠지만, 그런 희생마저도 감수하면서 친구를 위해서 말한 것인데, 제 친구는 그런 사실을 받아들이지 않으려고 해서, 제 친구는 저하고 멀어지고, 제 친구는 그들과 어울리며 저를 멀리하기 시작했어요. 제 친구는 그 친구들과의 무리 속에서 잘 지내는 것 같다가도, 뭔가 그들의 하인처럼 지내면서 비위나 맞추는 것처럼 보였어요. 저하고 지낼 때의 자연스럽고, 편안하고 온전하고 다정한 모습은 아예 두 번 다시는 볼 수가 없었지요. 그 후에 그녀도 나에게 미안함을 가지고 있었다는 것이 보이기는 했지만, 그녀하고 저의 친구의 관계를 회복하기에는 그녀의 다른 친구들과의 관계 때문에라도 어렵다는 것을 알게 되었지요.

저의 학창 시절은 그렇게 혼자만 남아서 홀로 지내게 되었어요. 그래도 나름대로 혼자서 지내면서 학창 시절을 보냈어요. 신의 저주라고 생각한 목도의 기운은 그렇게 저에게 또 시련을 주었어요. 저는 외롭고 쓸쓸한 학창 생활을 보내면서도 그래도 공부라도 제대로 하기 위해 노력하였고, 운 좋게도 제가 원하는 대학에 갈 수도 있게 되었어요.

저는 대학생이 되고 나서는 조용하게 살고 싶었어요. 그러나 제가 대학 생활을 하면서 제게 고백하는 남자가 생겨났어요. 고등학생 때는 여자들만 있는 학교에 다녔지만, 대학교는 달랐어요. 저는 저에게 적극적으로 대하는 남자에게 마음이 약해지기 시작했어요. 그래서 그하고 만나기로 결정했었죠. 저는 그에게 저의 과거에 대해서는 말하지 않았어요. 저는 그렇게 그하고 사귀었어요. 어떤 때는 다른 여성과 함께 있는 것을 보고는 질투하기도 했었죠. 그런데, 그가 저를 대하는 자상함에는 무언가가 이상하다는 생각이 들었어요. 처음에는 분명 친절함이었는데 말이죠. 그러다가 분명하게 보이기 시작한 것이에요. 그것은 그의 자상함에는 오만함이 묻어 있는 것이었어요. 저는 그 오만함을 처음에 제대로 보지 못했습니다. 어쩌면, 목도의 기운이 발동하리라는 것을 스스로 경계한 것이라는 생각도 들었어요. 그러나 목도의 기운은 발동하였고, 그가 자상함이 아니라 오만함으로 더욱 자신을 돋보이게 하기 위해 저에게 접근한 것을 알게 되었습니다. 그의 오만함에 동의하고 그리고 자신을 더욱 추종해주길 원하는 것이었죠. 저는 더 이상 견딜 수가 없었어요. 그래서 저는 목도의 기운의 뜻대로 그에게 "오만함의 그릇됨은 더 이상 나에게 감동을 주지 못한다."라고 말했어요. 그랬더니 그는 나를 보더니, 분노의 불길을 내뿜는 기운으로 온몸을 감싸고서는 저하고 말다툼을 하였어요. 말다툼이 너무나 심해져서 걷잡을 수 없을 정도로 서로를 이해할 수 없을 정도로 번지고 말았어요. 그는 그만 저에게 헤어지자고 하는 것이었어요. 저는 헤어질 생각까지 가지고서 그에게 이야기한 것은 아니었는데, 그는 저의 이런 사랑도 제대로 보지 못하고, 저에게 이별을 고했어요. "너의 도도함의 위대함을 나에게 흥정하려는 것 같은데, 내가 고난을 받아야 할 이유를 모르겠어. 여기까지 만나자."라는 말을 하였어요. 저를 좋아한다고 저밖에 모른다고 할 때는 언제인지, 저는 깊은 슬픔에 빠지면서 눈물을 흘리고는 했었죠. 20살의 사랑은 불장난처럼 쉽게 꺼진다더니만, 저는 그렇게 그하고 헤어지고 나서는 대학 생활에서 조용하게 혼자 지내는 것을 목표로 해야겠다고 마음먹었어요."

"강지은 씨, 괜찮으신가요?"

나는 도중에 그녀의 얘기를 들으며 물었다.

"예, 괜찮습니다. 송진모 씨가 들어주시는 것만으로도 기분이 좋아지네요. 오늘 하루종일 다 이야기할 거예요."

"예, 그렇게 하세요."

나는 그녀의 슬픈 표정을 보며 목도의 기운에 대해서 생각하고 있었다. 사실, 누구에게나 가지고 있는 흔한 능력이라고 생각이 들기도 하였다. 물론, 나도 그런 부분은 있다. 그녀는 왜 그것을 구체적으로 목도의 기운이라고 한 것인지 모르겠다. 마치 자신만이 가지고 있는 능력처럼 말이다.

"제가 생각하기에는 이성을 쉽게 마비시키는 것은 질투이며, 그
것은 우리가 카인의 후예이기 때문이기도 하다는 걸로 들리네요."

나는 그녀의 이야기를 주의 깊게 생각하며 말했다.

"우리가 카인의 후예라서 일지도 모르죠. 질투에 눈이 멀어 심
하게 집착하여 살인하는 것도 들은 적이 있어요."

"질투는 너무나 충동적이에요. 인간이 쉽게 제어할 수 없는 감
정이지요. 프로이트가 말한 오이디푸스 콤플렉스와 엘렉트라 콤플
렉스도 생각해보면 질투에 관련된 이야기였어요. 물론, 그의 이야
기는 무의식의 욕망, 즉 성을 기반으로 하고 있지만요."

"그렇죠. 결국에 우리가 처음에 겪는 극심한 고통은 바로 질투
라고 얘기하고 싶은 거예요. 셰익스피어가 쓴 소설인 오셀로를 보
면, 오셀로는 이아고가 지속적으로 암시를 걸어서 결국에는 질투
에 눈이 멀게 하여 자신이 너무나 사랑한 아내인 데스데모나를 죽
이게 한 것도 끓어오르는 질투의 고통을 감당하지 못한 것이라고
봐야죠."

"질투는 목도에서 발견하기가 가장 쉬운 기운 같은데, 거기에서
우리가 처음 목도를 할 수 있는 힘이 있다는 것을 알게 되는 건가
요?"

"그렇다고 봐야죠."

"근데, 생각해보면, 유아 시절에, 언어를 익히면서 보편성을 경멸

하셨잖아요. 그것이 목도의 기운을 더욱 제대로 볼 수 있는 힘을 부여한 거 아닐까요?"

"목도의 기운을 제가 가지고 있다고 해도, 그 힘을 조금씩 조금씩 점점 크게 사용할 수 있는 계기가 되었던 건지도 모르죠. 참, 아직 이야기가 다 안 끝났어요."

그녀는 웃으며 말했다.

"마치 아직 이야기는 시작도 안 한 것처럼 느껴지네요."

"네. 이제 제가 그를 만난 이야기를 할 거예요. 제가 그를 만나기 전에 제게 있었던 이야기를 해야 더 분명하게 저를 알 수 있을 거라고 생각해서요."

2.

"그를 만난 건 대학교를 졸업하고 나서, 제가 취업준비생으로 있었을 때였어요. 그는 저에게 어디에서 왔는지 정확하게 말해주지는 않았어요. 취업준비생으로 있으면서도 어떻게 그런 사람을 만났는지 제 인생에서 큰 전환점이 되었죠, 그를 원망할 때도 있지만요. 물론, 그를 만나서 그의 밑에서 일하기도 했지만요.

그는 저에게 말했어요.

여기가 대체 어디인지. 그는 정신을 차리고 보니 어디인지 모르는 땅에 발을 딛고 있었다고 했어요. 물론, 며칠 전까지는 배를 타고 항해를 했었다고도 하고 바다에서 흘러나오고 나서 줄곧 여기에 있었다고도 하고, 그도 어디에서부터 왔는지 궁금하지만, 그도 스스로가 그 부분은 알 수가 없다고 했었죠.

그는 가진 것이라고는 아무것도 없었다고 했어요. 돈도 없고, 배는 고파서 허기지는데, 닥치는 대로 무언가를 먹어야겠다고 생각했어요. 그는 어디인지도 모르는 거리에서 구걸하는 사람들을 보았지요. 구걸하는 사람들은 하나같이 돈을 달라고 구걸하는 것을 보고는, 그는 지금 상황에서 돈이 필요한 것이 아니라 먹을 것이 필요한 것인데, 그는 저 사람들을 보며 그는 답답하다고 생각했어요. 근데 생각해보면, 사람들은 돈으로는 더 많은 필요한 것들을 얻을 수 있는 것이니까요. 그러니까, 답답해야 할 필요는 없는 것이었죠. 그는 "이런, 또 배가 고파서 신호가 오니까 밥을 어떻게든 먹어야겠다."고 말하며 그는 어떤 구걸하는 거지를 보았어요.

"내가 먹을 것이 필요한데, 너의 옷차림새와 비슷해지면 먹을 것이 생길까?"

그는 거지를 보며 간곡히 부탁하는 사람처럼 말했다고 해요.

"그럼, 먹을 게 생기지. 그건 당연한 거야. 근데, 너의 지금 옷차림을 보니까, 나처럼 하고 다니기가 어려울 것 같아."

거지는 그를 깔보며 말했대요.

"아무것도 가진 게 없는데, 내가 잃을 게 뭐야."

그는 그렇게 소리쳤어요.

그는 갑자기 바닥에 뒹굴고, 옷을 더럽게 만들고는 거지에게 가위와 칼을 빌려서 옷을 찢었었죠. 그리고는 얼굴을 거지처럼 보이기 위해 흙을 조금 더 묻혔어요. 그는 거지를 보며 그렇게 해서 구걸하는 법을 배웠어요. 누군가가 그에게 와서 먹을 것을 주었지요. 그것은 빵이었어요. 그는 빵을 맛있게 먹었지요. 그러나 허기진 배를 채우기에는 너무나 부족했어요. 그는 빵 하나로는 안 된다고 생각하고는 계속 구걸했어요. 누군가 그에게 돈을 주었어요. 그는 돈으로 자신에게 도움을 준 거지에게 조금 주고는 나머지 돈으로 자신의 허기진 배를 채웠어요. 아, 배불러. 그는 그리고 나서 일하기 위해 일자리를 구하러 나가봐야겠다고 여겼지요.

그 후에, 그가 일자리를 구하기 위해 구인 광고가 있는 벼룩시장 신문을 하나 가지고 왔다고 했어요, 그리고는 카센타에서 차를 고치는 일을 하기 위해 정비소에 찾아갔어요. 근데, 옷이 거지 옷이라서 정비소 사장은 보자마자 거지를 직원으로 쓸 수 없다고 했어요. 그는 또 어쩔 수 없이, 어떤 복장을 하여야 할지를 고민하게 되었다고 해요. 복장은 무엇이 나은 걸까? 그는 대중목욕탕에서 목욕도 하고 얼굴도 깨끗이 해야 한다고 여겼지요. 치아도 양치질도 해서 입냄새를 완벽히 제거도 했고, 그는 그 후에, 목욕탕에서 어떤 옷을 그냥 하나 훔쳐 입었다고 해요. 그 옷은 사람들에게 꽤나 정중하게 보이게 하는 옷이었어요. 그는 다시 그 정비소를 찾아갔어요. 그리고는 이제 자신을 채용할 수 있냐고 물어보았다고 해요. 사장은 그를 보더니만, 그제서야 채용할 수 있다고 했다고 해요. 그는 그렇게 정비소에서 일을 하면서 돈을 벌었어요. 그는 집이 없었는지, 사장에게 성실하게 일을 하고 오래 일할 테니까, 숙식도 제공해달라고 요청했는데, 사장은 처음에는 안 된다고 하더니만, 그의 간곡한 부탁과 함께 조아리는 머리를 보고는 동정심에 자극받아서 어쩔 수 없이 그에게 숙식을 제공하기로 했대요. 그는 그렇게 숙식을 제공받았어요.

어느 날, 그는 일을 하다가 어떤 손님이 요구하는 것들을 잘 이해하지 못하게 되었어요. 손님들은 그에게 정비사가 왜 이 정도도 이해하지 못하면서 정비사라고 말할 수 있는 것이냐고 말했어요. 그는 지금은 내가 정비복을 입고 있으니 정비사지만, 밖에 나가서 다른 옷을 입고 다니면 나도 정비사로 보지는 않는다고 했어요. 손님들은 그 말을 듣고는 그게 지금 손님에게 할 말이냐고 따졌지요. 근데, 그런 손님이 하나둘 늘어나면서 그에 대한 불만이 더 많아진 거예요. 결국에, 손님들의 항의가 늘어났고, 그도 화가 나서 견딜 수가 없어서 그만 일을 그만두고 말았어요. 그렇지만 돈은 조금 벌었는지 그는 정비복을 벗고는, 그저 길을 걸었다고 해요. 그는 다른 일을 하고 싶어 했어요. 그래서 그는 다른 일을 하려고 생각하고 또 생각하다가 의사가 되기로 결심을 했다고 해요. 그리고 그는 무작정 의사에게로 갔어요.

"의사가 되려면 어떻게 해야 하죠?"

그가 물었어요.

"의학에 관련된 공부를 해야 합니다."

의사가 말했지요.

그는 공부를 해서 의사가 되려면 시간도 오래 걸리고 시험에서 떨어질 수 있다고 생각했어요. 그래서 생각한 게, 의사 옷을 사는 것이었다고 해요. 그는 나가서 의사 옷을 샀고, 의사 옷을 입고 밖으로 나갔어요. 사람들은 그를 보고는 의사 선생님인 줄 알고 있었어요. 그는 길에서 얼떨결에 쓰러진 사람을 보았는데, 그는 그냥 지나치지 않고, 그 자리에서 나름 익힌 심폐소생술을 시도하였고, 119에 전화도 하였었죠. 때마침 119가 와서 그 환자를 구할 수 있었었다고 해요. 이것으로 그는 의사로 모든 사람들에게 인정을 받게 되었고, 유튜브에도 동영상이 올라오게 되었고, 뉴스에도 나오게 되었어요. 그 누구도 그를 의사라고 생각하지 않는 사람이 없게 되었어요. 그러나 그는 의사로서는 실력이 부족했지요. 그것은 당연한 것이에요.

그러나, 그에게 따라온 명예로 인해서 그는 어느 병원에 쉽게 취직도 하게 되었어요. 명예와 인간성은 별개라는 말은 그가 저에게 늘 했던 이야기였었죠. 그러나 사람들에게 명예를 사는 것은, 꼭 필요한 것이라고 했어요. 도덕은 언제나 이미지 관리상 필요한 것이라고 하며, 우리는 그것을 잘 이용해야 한다고 했어요. 사람들은 언제나 어떤 껍데기를 보기를 원하는 것이지, 실체를 보기는 원하지는 않으며 그렇게 깊이 있는 생각을 하는 것 또한 선호하지 않기에 항상 껍데기를 보고 안심한다고 했어요. 깊이 있는 생각을 하면 실체를 알게 되고, 실체를 알게 될수록 풀리지 않는, 이해할 수 없는 의혹들이 늘어나서 불안해지는 자신을 견딜 수 없을 것이라고 했어요. 사람들은 그런 이유로 너무 쉽게 기만당할 수밖에 없으니까, 그게 재밌다고도 했어요. 그는 자신의 방에서 의학에 관련된 서적들을 보게 되었다고 해요. 모든 것이 생소하고 낯설었지만, 전에 그만둔 의사가 설명해 준 모든 것들을 듣고는 일을 대충 어떻게 하는 것인지 알게 되었다고 해요. 그는 사실 모르는 척하면서 듣다가도 아는 척하면서도 들었고, 그러다가 또 모르는 척하면서도 듣고 아는 척하면서도 또 들었기를 반복했다고 해요. 그런 것만 어느 정도 반복만 해주어도 인수인계를 해주는 의사는 그에게 모든 것을 술술 알려주었다고 해요. 그래서 그다음에 환자가 와도 자신이 의사로서 역할하는 것은 그다지 어렵지 않다는 것을 알게 되었다고 해요. 그리고 그는 더욱 치밀해지기 위해 의무기록 등을 살펴보았는데, 의사가 어떤 상황에서 어떤 처방을 내렸는지 등을 보고 검토도 하게 되었다고 해요. 그는 그렇게 유심히 의무기록 등을 살피고는 나름 의사로서 생활을 영위할 수 있다고 해요. 그런데 어떤 병들은 너무 고치기가 어려웠어요. 그는 고치기 어려운 병들을 보고는 사람에게 희생이 필요하다고 생각했지요. 산 사람을 재물로 해부하여 병을 낫게 하는 방법을 연구해야 한다고 말이에요. 그래야 자신이 의사로서의 역할을 잘 할 수 있다고 믿고 있었지요.

그는 고심한 끝에, 아무도 없는 곳에 집을 짓기로 했대요. 그것은 밖에서 보면 집이었지만 그것은 엄연히 자신만의 연구소였어요. 철장을 만들고 사람을 가두기에 충분하게 인테리어를 해두었다고 해요. 그 후에, 그는 강도 복장으로 옷을 갈아 입었다고 해요. 누가 봐도 강도처럼 보였을 거예요. 그리고는 사람을 납치했어요. 그는 사람을 납치하여 자신의 아지트로 데리고 와서는 산 채로 해부하여 병에 대한 근원을 찾았다고 해요. 그리고는 아픈 환자들을 치료할 때는 의사복을 입고는 환자들을 치료했어요. 환자들의 낫지 않는 불치병도 이 병원에서는 고칠 수 있게 되었다고 해요. 그래서 그가 있는 병원의 명성은 나날이 사람들의 칭송이 따랐고, 뉴스와 유튜브에도 나오게 되었어요. 그는 이제부터는 유튜브와 페이스북과 인스타도 해야겠다고 생각했대요. 그는 유튜브와 페이스북과 인스타도 만들어서 직접 환자들을 치료하는 동영상을 만들고 사진도 찍어서 누구나가 와서 볼 수 있도록 파일을 올렸다고 해요. 물론, 환자들은 모자이크로 처리를 하였다고 합니다.

그는 속으로 이런 생각을 했다고 해요.

"너무나 쉬워. 너무나 쉬워. 세상은 너무나 살기가 쉬워. 돈 버는 것도 말이야. 너무나 쉬운 거야. 명예를 얻는 것도 돈을 버는 것도 말이야."

  그는 자신이 세상을 다 갖는 것은 너무나 쉽다고 생각했어요. 그는 더 이상 이런 큰 병원에서 일하기보다는 자신만의 병원을 설립하여 직접 돈을 버는 것이 낫다고 생각했어요. 그래서 그는 지금 있는 병원을 그만두고 병원을 하나 짓기로 했어요. 그러자, 관청의 세무사가 갑자기 자신에게 찾아와서는 세금을 많이 내야 한다고 했어요. 그는 세금을 지금까지 잘 내었는데 무슨 세금이냐고 물었다고 해요. 아직 내지 않은 세금이 있다고 했어요. 그는 자신에게 세금을 부여하는 관청 세무사를 죽일까도 생각했대요. 그러나 그가 세무사를 죽이기에는 힘든 점이 있었어요. 그것은 바로 세무서에 세무 기록은 계속해서 남아서 그에게 세금을 부여하라고 명할 것이기 때문이었죠. "그래, 빌어먹을 그 기록이 문제지."그는 그렇게 말했지요. 그는 하는 수 없이 세금을 내러 세무서에 갔어요. 그리고 세무서에서 세금 영수증을 받았어요. 근데, 세금 영수증이 우편으로 날아온 것을 보았지요. 그래서 그는 세금을 이미 내었는데, 무슨 세금 영수증이 집으로 날아오는 것인지, 의심하기 시작했다고 해요. 보통 영수증은 그 자리에서 주고 나면 우편으로 날아오는 일은 없으니까요. 그는 이상하게 생각하고는, 자신에게 세금을 부여한 세무사를 사회에서 뉴스에서 흔히 접할 수 있는 보이스 피싱이었다고 단정지었어요. 관청에도 보이스 피싱 범죄자가 존재하고 모든 개인정보를 이용하여 세금이라는 명목으로 돈을 편취하고 있다고 말이죠.

어쨌든, 그는 막대한 세금을 내라고 할 때부터 알아봤어야 했는데, 자신이 병원을 크게 지으니까, 그것을 어떻게 알고는 때마침 나에게 이렇게 보이스 피싱을 할 수 있었던 것인지, 이건 분명 나를 감시하는 누군가가 있을 거야 라고 의심을 했다고 해요. 그는 화가 나서 견딜 수가 없었다고 해요. 어떻게 자신처럼 살아온 사람이 보이스 피싱을 당할 수 있는지 분노가 치밀어 올라서 견딜 수가 없었다고 해요.

그 후에, 그는 당장에 의사를 그만두고 경찰이 되기로 마음을 먹었대요.

"그래, 내가 꼭 경찰이 되어서 그 세무사를 사칭하는 놈을 잡아서 기필코 응징하리라."

그는 의사 옷을 그냥 벗어도 되는데, 갑자기 일어나더니만 의사 옷을 찢어버렸어요. 그러더니만 경찰이 되기로 했어요. 이번에도 그가 경찰이 되는 것은 간단했어요. 그는 지나가다가 어느 경찰을 보았는데, 그에게 지금 나에게 시원한 물이 한 잔 있다고 했어요. 경찰은 물은 필요가 없다고 했어요. 그는 하는 수 없이 음료수를 사 가지고 와서 경찰에게 다시 찾아갔지요. 나에게 음료수가 있으니 음료수 한 잔 하라고 했어요. 경찰은 음료수를 보더니만 물은 싫어해도 음료수는 너무 좋아한다고, 그리고 자신이 음료수 그러니까 이온 음료를 얼마나 좋아하는지 어떻게 알았냐면서, 벌컥벌컥 마시기 시작했지요. 그러더니 경찰은 잠이 들었어요. 음료수에는 이미 수면제가 들어 있었어요. 그는 경찰이 잠드는 모습을 보고는 머리를 한 대 때렸다고 해요. 그러더니만 "이런 모자란 멍청한 놈 같으니라고. 두 번씩이나 왔다 갔다 하게 만들어! 물을 주면 그냥 그때 물이나 마시지. 이온 음료수 사느냐고 돈이 들어갔잖아."라고 하면서 그는 경찰옷을 벗겨서는 얼른 그 경찰옷을 입었어요. 그러자 사람들은 모두 그가 경찰이라고 생각했다고 해요. 물론, 그가 경찰이 되고 나서 일은 자신에게 보이스 피싱을 저지른 사람을 잡는 것이었지요. 그러나, 그 전에 해야 할 일이 있었어요. 그것은 바로 자신이 경찰로서 사람들에게 인정을 받아야 하는 것이었지요. 이번에도 저번에 의사가 되었을 때랑 같은 방법을 생각한 거예요.

다음날, 그는 아무나 붙잡아 버리고는 죄를 뒤집어씌웠어요. 한 사람의 무고한 시민을 범죄자로 몰아가는 것은 그에게는 너무나 간단한 일이었지요. 그는 무고한 시민에게 소매치기를 했다는 범죄를 뒤집어씌운 거예요. 그저 지나가는 무고한 시민의 호주머니에 자신의 지갑을 집어 넣고는 그를 범죄자로 체포했어요. 그는 그렇게 해서 사람들에게 엄청난 관심을 얻게 되었고, 뉴스에도 나왔어

요. 물론, 억울한 사람은 어쩔 수가 없었겠지만요. 그는 항상 사람
에게 희생은 정해져 있다고 했어요. 그리고 누군가의 희생은 항상
필요한 것이고, 그 희생으로 이득을 본 자들만이 이 세상에 살아
남을 수 있는 절대적인 존재가 된다고 했었죠. 그러기 위해서는 사
회적인 합의에 맹목적으로 추종하는 관계는 필요하고, 개인이 가
진 특수성과 올바른 생각들은 헌 신발을 버리듯이 내팽개치는 것
은 당연하다고 했어요.

그는 자신에게 이름을 준 경찰관의 이름을 자신의 이름이라고
말하고 지나가는 경찰들에게 물어봐서 경찰서에서 일하게 되었다
고 해요. 경찰들이라고 해도 명예가 주는 위엄에 그를 의심하지 않
았다고 그는 말했어요. 누군가가 위대한 사람이 했던 말을 맹목적
으로 추종하는 사람들을 기만하는 것은 너무나 쉬운 일이며, 그런
위대한 사람처럼 구는 행동만 해도 사람들에게 위엄을 주는 것은
그들의 마음속에 있는 것들을 들어주는 것이니 그것에 죄책감은
가질 필요는 없는 것이라고도 했어요.

그는 저를 보며 네가 살아온 인생이 억울하지 않냐면서 그것을
보았을 때 정직하게 자신의 마음을 대처하지 말라고 늘 상 얘기했
죠. 그럴수록 너에게 오는 것은 피해일 뿐이라고 말했어요. 차라리
이용하라고 그것이 세상을 살아가는 미덕이 될 것이며, 사람들은
오히려 그런 너를 좋아할 것이다. 지금까지 그렇게 살아서 남은 것

이 무엇이냐며, 외로운 삶을 선택하고 스스로 고립되길 희망하지 않는다면, 절대로 목도의 기운을 보고, 그것이 주어진 대로 반응하지 말라고 했어요.

저는 그의 말을 들으며 견딜 수 없는 혐오감이 찾아왔어요. 이 사람처럼 세상을 산다면 그대로 행복할까? 라는 생각이었어요.

그는 경찰이 되어서 자신에게 보이스 피싱을 한 범죄자를 찾아내는 데 성공했어요. 그는 뭐라도 하면 일 처리만큼은 너무나 빨랐죠. 그는 세상의 인식과 사람들의 반응에 공감하면서 자신은 거기에 금방 하나가 되어서 녹아 들어가는 것에 집요하고 악착같이 살아왔으니까요. 그는 보이스 피싱한 범죄자가 자기의 돈을 다 써 버리는 것을 알고 나서는 너무나 화가 나서 그들을 잡아서 자신의 연구소로 데리고 가서 그들의 몸을 해부하여 의학의 재료로 썼다고 해요. 그리고는 경찰 옷을 그 자리에 찢고는 다시 의사로 돌아갔다고 해요. 자신에게 정의란 어울리지 않는 시체와도 같다면서요. 사회에서 정의는 없는 것이라고 말했죠. 그는 정의란 것은 모름지기 힘 있는 자가 만든 하나의 시스템이라고 얘기했어요. 힘 있는 자가 세상을 다스리기 위해 만든 하나의 규율 같은 거라고 했고, 그 규율은 언제나 우리의 내부에서 우리를 노예처럼 움직이게 할 거라고 했죠. 공산주의로 죽어가는 사람들도 있으며, 자본주의로 죽어가는 사람들도 있다고 했어요. 그것은 신의 섭리하고도 같다고 했어요. 보편성(보편적으로 옳다고 여기는 것들)은 언제나 타당성을 지니고 있어서 신뢰해야만 얻을 수 있고, 믿음에 변덕은 배신이라서 허용되지 않는다는 절대적인 의무가 맹목적으로 자리 잡아 보편성에 너무나 위대한 관대함을 부여하는 이성의 견고함으로 직관을 움직이지 못하게 한다고 했죠.

　저는 한동안 그의 밑에서 조수 일을 하며 지냈어요. 그의 범행을 다 알았지만, 그가 말한 세상에 타협해야 한다는 것에서 동의를 강요하는 그의 말을 맹목적으로 추종하고 나니, 저에게도 죄책감이란 것은 사라지고 만 것이죠. 죄책감을 가지는 것은, 제가 예전에 학교생활에서 겪었던 암울한 불행을 겪는 것이 될 것이며, 그것은 오히려 저에게 더욱 잔인한 독이 될 것이니까요. 저는 더 이상 그렇게 살고 싶지 않으니까요. 저는 한동안 그의 조수로 일하면서 많은 것을 배웠어요. 그는 누군가를 사랑하기보다는 모두가 사랑하게 되는 사람인 것 같았어요. 모두가 사랑할 수밖에 없겠죠. 세상과 그렇게 쉽게 하나가 되는 사람인데, 싫어하는 사람이 있었겠어요. 다만, 그는 누구도 사랑하지 않는다고 했어요. 누군가를 사랑한다면, 그 순간, 자신을 잃어버린다고 했어요. 그래서 그는 언제나 사랑을 경계하고 사랑하는 마음을 가지지 않는다고 했었죠. 가면을 쓰면서 위선에 익숙해지는 것이 살아가는데, 적을 만들지 않는 일이 될 거라고 했어요.

저는 그렇게 저 자신을 속이면서 살아가는데 익숙해지는 것에 그의 도움을 받았어요. 사람들과 만나고 소통해도 더욱 매끄럽게 대처할 수 있었고, 사람들과의 관계에서도 힘들어 하지 않는 법을 배웠어요. 저는 그에게 진심으로 고마워했고, 그도 그런 저를 칭찬하였어요. 저는 그렇게 그를 진심으로 추종했었죠.

한데, 어느 날, 그렇게 살아온 저 자신에게 심각하고도 저주스러운 혐오감을 느끼게 되었어요. 저는 견딜 수가 없었죠. 그것은 제가 사람들을 보면 그냥 보이는 것들을 제대로 말하지 못하니까. 그걸 계속해서 쌓아두고 살 수는 없다는 것을 알았어요. 그를 고마워했지만, 이제는 그를 경멸할 정도로 싫어지고, 그를 죽이기로 마음 먹었어요. 저는 그의 연구소에서 그를 조용히 불러낸 후에 그를 죽였어요. 그는 죽기 전에 제게 이렇게 말했어요. "나의 희생으로 너는 더 많은 것을 알게 되고, 얻게 될 거라고요." 저는 그의 말을 이해할 수 없었지만, 예전에 그가 말한, "누군가의 희생은 항상 필요한 것이고, 그 희생으로 이득을 본 자들만이 이 세상에 남아나는 절대적인 지배자가 된다."고 했던 말이 떠오르긴 했어요.

어쨌든, 저는 그가 죽고 나서야 마음에 평안을 찾을 수 있었죠. 저는 그의 시체를 보며 막 웃기 시작했어요. 아니 웃음이 나와서 견딜 수가 없었지요. 저는 이 세상에 태어나서 그렇게 통쾌하게 웃어본 적은 없었던 것 같기도 해요. 그런 제가, 드디어 나를 제약했던 모든 것들에서 탈출했다고 외치고 그 연구소를 불을 지르게 되었어요. 연구소는 불에 탔고, 그의 시체도 남김없이 타버려서 흔적도 없이 날아가 버렸어요."

"잠시만요. 그러면 사람을 죽였다는 거예요?"

나는 도저히 이해가 가지 않아서 그녀에게 물었다.

"그래요."

그녀는 차분하게 말했다.

"그런데, 그의 이름은 무엇이죠?"

"저도, 이름을 잘 모르겠어요. 그저 그라는 것밖에는 저도 잘 몰라요."

"그라면, 남자겠죠?"

"여자일 수도…"

"근데, 그라고 계속 얘기하신 거 보면, 남자인 거 아니에요?"

"그저 부르기 쉬운 말이 그인 것 같아서요. 그는 남자일 수도 여자일 수도 있어요."

"괴물일 수도 있겠죠?"

"네, 그래요."

"그래도 죽은 거 보면 괴물은 아니겠죠?"

"괴물들도 죽어요. 총으로 막 쏘고 그러면 죽잖아요. 실제로 영화에서 보면 괴물들도 죽는 거 아시잖아요."

"아, 그렇네요. 괴물도 결국에는 총을 많이 맞으면 죽게 되죠."

"이야기를 계속할게요.

그 후에, 저는 제 기운이 더욱 강해졌다는 것을 알았어요. 그를 죽이고 나서 인게 된 힘은 상상을 초월했어요. 누구를 보더라도 그 누군가가 가지고 있는 생각과 그 누군가가 어느 정도의 인물인지를 가늠하는 힘을 얻었어요. 그리고 그 무언가를 저는 더욱 의심할 힘도 주었고, 누군가가 무엇을 말하더라도 이미 그 누군가가 한 많은 말이 한마디 말로 압축하여 제 뇌리에 들어오는 것을 알았어요. 그리고 사람들의 영혼이 더욱 뚜렷하게 보였어요.

사람들이 무슨 일을 하든지, 너무나 쉽게 사람들의 영혼이 보여서, 당황하지는 않는지, 공포로 몸을 떨고 있던 것들, 그리고 사람들이 나를 어떻게 생각하는지 등 군이 직접적으로 사람들이 "나는 공포스러워서 두려워, 나는 누군가를 너무나 사랑해, 나는 너무 힘이 들어서 일을 하기가 싫어. 기운이 없어."라는 말들을 하지 않아도, 제 안에서 먼저 그런 부분들을 알 수 있다는 거예요.

역시 그가 말한 대로 희생은 어쩔 수 없는 운명적인 일이었나 봐요. 저는 그 후에도 사람들에게서 고립되긴 했지만, 예전과는 달랐어요. 그 고립감은 제 지금의 모습을 유지해 주면서도 오히려 그것이 평온하다는 것을 알게 되었죠. 그것은 어쩌면 고립감이기보다도, 나 자신의 존재를 그대로 받아들일 수 있다는 그런 느낌이었던 것 같아요. 저는 그렇게 저만의 색깔을 가진 사람으로 성장했어요. 사람들의 영혼이 보이고 저는 그것으로 사람들을 더욱 능숙하게 대처할 수 있게 되었어요. 이제는 사람들의 내면을 깊이 있게 고민하는 것들을 숨기는 것들을 알게 되었어요."

"그렇다면, 그런 힘을 얻는 것에 희생은 불가피하다는 건가요?"

나는 그녀에게 물었다.

"네. 그래요."

"지금 저를 사랑하시려고 하고 있죠? 인터뷰 내내 저를 의심하면서도 그 의심들이 풀리면서 저를 의심한 것을 미안해하며 저를 더욱 사랑하려고 하는 것이 느껴지네요. 마치 의심한 적이 한 번도 없는 사람이 되려고 하는 것처럼요. 그래야만 자신의 도덕성이 남들 앞에서 떳떳하다는 것을 알게 해 줄 테니까요. 하지만, 제가 여기서 말하는 사랑은 남녀간의 사랑이라고 말하는 사랑은 아니에요."

나는 그녀의 말을 듣고서는 당혹스러움을 금치 못했다. 나를 완벽히 파악하고 있는 것이었다. 그녀는 정말로 내면을 통찰하는 힘을 가지고 있는 것일까. 나는 그녀를 보며 정말 그녀를 사랑하게 된 건지도 모르겠다.

그 후에, 나는 그녀에게서 내 마음의 안식을 찾으려고 시도했던 것 같았다. 마음의 안식은 줄곧 그녀에게 더욱 희생을 요구하는 것 같았지만, 그래도 나는 그녀가 있어서 마음의 평온함을 느낄 수 있었다.

"그러나, 목도의 기운은 계속 운동하려는 성질이 있어서, 저는 그것에 대해서 그대로 두도록 내버려 두기로 했어요. 그것이 저를 더 자유롭게 만드니까요."

그녀는 나에게 기지개를 켜며 말했다.

나는 그녀를 경찰서에 넘겨야 하는 것인지, 아니면 말아야 하는 것인지에 대해서 심각한 갈등을 하고 있었다. 그녀를 데리고 경찰서로 가서 경찰에게 가서 얘기하자니, 내가 뭔가 거스르는 것이 있는 것 같고, 경찰서에 가지 않자니, 양심에 가책을 느끼는 것 같았다. 게다가 그녀가 죽인 것은 사람도 아니었다. 연구소에 불을 지른 것은 잘못이지만, 사람도 아닌 존재가 지은 연구소였다. 그 연구소가 누구의 소유라고 말할 수도 없으니, 결국에는 재산적 가치가 있었던 것도 아니었다.

"근데, 그는 살아 있어요."

그녀가 말했다.

"아까 죽였다고 하지 않았나요?"

"그가 어떻게 살아 있는지 저도 잘 모르겠어요. 그는 저를 잡기 위해 계속해서 저를 쫓고 있어요. 저는 그를 피해 다니고 있죠. 그러다가 그를 만나면 그의 목을 조르기도 하지만, 그도 저의 목을 조르기도 하고, 그를 만나 지금까지 전쟁을 하고 있어요."

"그가 무섭지는 않으세요?"

"네, 물론, 무서울 때도 있죠. 그러나 그를 무서워하지 않을수록 목도의 기운은 더 강해지는 것 같아요. 다만 그를 무서워할수록 목도의 기운은 나타나지 않아요. 그를 죽이고 나서 목도의 기운이 강해졌다고 했지만, 그건 그가 완벽히 죽었다고 생각해서였어요. 그가 살아 있으니, 그와의 전쟁은 피할 수가 없어요. 그는 저를 심하게 원망하고 있었어요. 제가 그하고 친하고 지냈는데, 제가 먼저 배신한 거라면서요. 저에게 배신자라며 저를 항상 죽이려고 하죠. 저는 그가 나에게 너무 많은 것을 강요한 것이 저의 자유를 침해했다고 그래서 배신한 거라고 말했지만, 그런 말은 한다고 해서 그저 순순히 수긍하며 돌아갈 사람은 아니니까요."

3.

"전 그와 전쟁을 할 때마다, 목도의 기운을 생각하게 돼요. 우리의 눈에는 지금의 사람만을 보는 힘만 있는 것이 아니라, 기운을 보는 힘이 있다는 것을요. 그리고 그 영적인 기운을 보면서 마음속으로 갈등하면서 살아가고 있어요. 영적인 기운으로 볼 수 있는 그 너머의 세계에 대한 확신을 억누르기가 힘이 드니까요. 게다가 영적인 기운을 느끼면서 자신의 한계를 초월하면서도 불멸의 존재로 탄생할 수 있을 거라는 생각이 들면서 오만하게 되기도 하죠. 저도 그를 죽이고서 후련한 마음이 들었지만, 시간이 지나면서 그를 그리워하거나 반성하는 마음도 들었어요. 거기에서 제가 오만하게 생각한 것은, 그를 죽이면 편안한 마음이 들 거라고 여겼다는 거예요. 그러나 저도 위선적이었어요. 이제는 그런 위선을 인정하고 나니까, 마음이 한결 편안해졌어요. 자신의 부족함을 인정할수록, 저는 더욱 인간적인 너무나 인간적인 사람이 되어 가고 있다는 것을 알 수 있었죠. 그가 있음으로, 그의 존재를 인정하고 나서부터요. 사실 처음에 그를 만났을 때, 그가 말하는 모든 것들을 인정하고 싶지가 않았어요.

제가 그를 인정하고 나면 제가 살아온 모든 시간들을 후회할 것 같아서요. 후회하면 제가 가진 모든 것들을 잃는 기분을 가지게 되니까, 그게 두려웠던 거죠. 이제는 그를 인정하고 그하고의 전쟁도 한 번씩 찾아올 때마다 고통스러울 때도 있지만 뭔가 깨닫는 것이 있다는 것을 알게 되었어요. 저도 어쩔 수 없는 인간이며, 현실적으로 되어 가는 것이 무엇인지 알게 해주었죠. 모든 것들의 현실적인 의미를요. 우리는 현실적인 의미를 지닌 사람으로 다시 탄생하는 것에 주저하고 있어요. 순수한 의미를 잃어버린다고 생각하는 거죠. 그것은 첫사랑의 의미를 잃는 것을 의미한다고 생각해요. 살아가는데 영혼이 없고 육체만 있다면, 마치 빈 깡통을 발로 차 버리는 느낌 자체가 자신이 될 거라고 생각한다면, 아니 상상하는 것만으로 의미 없는 행동이 자신의 삶을 송두리째 가져가서 망쳐버릴 거라고 생각한다면, 겨울에 머무르고 있는 나무에게 봄을 그리워하는 마음을 앗아가는 것처럼 어떠한 희망도 어떠한 소망도 품을 수 없게 할 테니까요. 그러나, 우리가 생각하는 현실성은 사회가 주는 어쩔 수 없는 보편성이 항상 내재되어 있다는 것을 알아야 한다는 거예요. 그리고 그 현실성에 다가가는 것이 우리가 모든 것을 잃는다고만 생각해서는 안 돼요. 직관이란, 모든 보편성을 초월하려는 의지도 필요하지만, 보편성이 있기에 우리가 직관도 할 수 있다는 거예요. 그러니 보편성도 중요한 것이죠."

"제가 이야기를 정리하면서 이야기해 볼게요. 우리가 생각하는 어떤 보편성은 단어에 이미 내재되어 있어요. 우리는 그것을 부정하면서 우리는 순수하게 욕망하려고 하며 그것으로 목도의 기운의 힘을 더욱 발휘하게 합니다. 목도의 기운으로 쉽게 포착할 수 있는 첫 번째가 질투라는 사실과 그를 만나서 겪은 일들이 현실성을 알게 해준다는 이야기로 들리네요. 그라는 인물을 생각해 보면, 보편성에 맞추어 살아가는 것이 질투를 받지 않게 되니까 하는 생각도 하게 되고, 보편성에 맞추어 살아가는 것이, 그저 보편성을 따르는 것 자체가 사람들과 화합하며 하나가 되어 살아가는 것이라고 생각하니까요. 또한, 보편성이라는 것에 대해서, 잘못된 거라고 생각하지만, 그 잘못을 부정하여 자신이 선한 사람이라는 것을 입증하려는 사람처럼 보이기 위해 노력하지만, 자기 자신도 잘못을 겪으면서 그것은 잘못이 아니라 그저 정당한 보편성이며 자신 또한 그런 보편성에 맞추어 살아가는 인간이라는 것을 깨달아가면서 현실성을 알아가는 것 같네요. 또 그것은 위선이지만, 위선할 수밖에 없는 자기 자신을 보게 되면서 반성하며 그런 잘못들을 경멸하지 않으면서 인정하는 법을 배우며 그것은 정당한 보편성이라고 생각하는 것 같아요. 그러니 잘못들이라고 생각하는 것들을, 자신 또한 그것을 먼저 인정하는 법을 배우면서 잘못들이 아니라 그저 정당한 보편성이라는 것을 깨닫고, 위선적이 아니라 당연하다고 생각하는 인간의 성찰을 말해주려는 것 같다는 생각이 드네요."

나는 깊이 있게 생각했다.

"제가 예를 들어 설명하겠어요. 음, 질투로 예를 들을게요. 질투를 느끼면서 그것은 자기 자신만이 느끼는 감정이라고 생각하면서 심각하게 집착으로 번지며 범죄로까지 이어지는 사람도 있지만요. 그러나, 사실 질투라는 것은 굉장히 보편적이에요. 근데, 자기 자신도 질투라는 것을 하잖아요. 그것은 인정해야겠죠. 그리고 남이 질투하는 것을 목도의 기운을 통해 보게 돼요. 그러면 남이 한 질투는 잘못된 것이라고 하겠죠. 그렇게 남의 잘못만 탓하겠죠. 그러다가 자신도 질투할 수밖에 없는 사람이라는 것을 알게 돼요. 근데, 자기 자신도 질투할 수밖에 없는 사람이라는 것을 깨달으며, 내가 한 것은 보편적일까? 생각하게 되겠죠. 그리고 잘못을 생각하면서, 그것은 잘못된 일이 아니라 보편적인 거야. 이것에 질투하는 것은 당연해. 너도 그렇고 나도 그렇고 우리는 다 똑같아. 우리는 다 인간이니까. 이런 식의 결론이 나오면서 현실적으로 생각하게 된다고 말할 게요."

"아, 역시 제가 생각한 게 맞네요. 만약, 질투라는 감정에 죄의식을 느끼는 사람이 있다면, 먼저 질투라는 감정을 느끼기 전에 그 일 자체를 인정하여 죄의식을 느끼지 않게 살려고도 할 수 있겠네요. 그리고 보니, 제가 전에 뭔가 그런 분들은 본 것 같아서요. 그저 인정하면서 사시는 분들을요. 그런 분들 보면 질투도 하는 것 같지만, 뭔가 그럴 수밖에 없다는 결론으로 말을 하면서도 그저 아무렇지 않게 이야기하시는 것 같아서요. 근데, 현실성을 모르는 사람들은 조그만 거에도 크게 질투하며 감정을 격하게 반응하기도 하잖아요. 그러면 아직은 질투를 보편적으로 해석하는 방법을 모른다고 봐야 하는 걸까요?"

내가 말했다.

"그렇게 생각될 수도 있겠죠. 어쩌면 우리가 질투를 하면서 질투라는 감정에 너무 희생적으로 살아온 탓에 집착이라는 늪에 우리도 모르게 빠져들었을지도 몰라요. 질투라는 감정을 어떻게 다스리고 어떻게 그것이 다시 공허함을 느끼게 하고 반성을 생각하며 다시 욕망할 수 있는지를 고려하면서 사는 것이 적어도 집착이라고 하는 인간의 허황된 욕망에서 벗어날 수 있다고 생각해요. 질투하거나 집착하여 사고를 치고 나고 나면 후회도 많이 하잖아요. 그러다가 또 반성하지만 궁극적으로 반성이 되지는 않아요. 또 질투하고 또 집착하고 또 반성하고 그런 일들의 연속이죠. 그러다가 어느 순간에 공허함을 느낄 거예요. 아, 내가 욕망하는 것들이 결국

에는 공허한 것에 몸부림치는 나의 모자람이었구나 라는 생각이겠
죠. 그러면서 자기 자신에게 반성하는 시간을 가지게 될 거예요.
사람들은 모두 잘못이라는 것을 겪고, 그것은 잘못된 일이 아니라
그저 보편성이었다는 것을 알게 되면서, 내가 현실적으로 인정하
면서 살아야 하는 것들이 있었구나, 내가 잘못 생각했구나, 사람들
은 그래도 어떻게든 선을 실천하려고 노력하고 있었어라고 말이에
요. 공허함에 익숙해지면서 질투나 집착에 너그러워지는 법을 아
는 것이 사랑을 지키는 유일한 법이라고 말하고 싶어요."

"근데, 갑자기 왜 이렇게 현실적으로 변하셨죠? 처음엔 굉장히
신비적으로 느껴졌는데, 지금은 너무 현실적으로 느껴져요, 왜 그
런 거죠?"

"모든 이야기를 하다 보니, 결국에는 저의 정체를 보게 된 것 같
네요. 처음엔 사람은 다 자신의 신선한 호기심이 주는 자극에 빠
져 있어요. 그것은 우리가 무언가를 계속 배우고 싶어 하는 욕망
이지요. 배움이 없이 살아가는 것은 인간의 참된 숙명을 거부하는
것과 같은데, 그래도 그 참된 숙명에서도 희소성을 부여하고 싶은
것이 인간이죠. 세상이 주는 단어만을 익히는 것만으로 세상은 너
무나 아름답고 순수하고 어떤 단어 한 가지에도 웃음이 터져 나오
는 시절은 누군가에게나 다 있던 시절이죠. 이 얘기는 제가 앞에서
했었죠. 근데, 그런 단어만으로도 식상해지고 공허해짐을 느꼈어

요. 같은 단어를 계속 듣는 것이 웃음을 유발하기에는 아무래도 무리가 있었겠죠. 근데, 그것은 발전한 거예요. 자신의 영혼이 더욱더 큰 배움을 맞이하라고요. 그리고 사람들은 웃음을 잃어버리게 되었지만, 그것은 우리가 궁극적으로 공허함에 친숙해질 수 있도록 길을 만들어주는 거지요. 우리는 공허함에서 반성을 배우게 되고, 거기에서 다시 순수함을 가지고 도전하는 경우들을 볼 수 있어요. 그러나 그 순수함은 뭔가 예전의 순수함과는 다르다는 것을 알게 되죠. 그러면서 조금씩 조금씩 현실적으로 변해가는 자신을 느낄 수 있을 거예요. 반성하면서 새롭게 살아가고 싶은 삶에 대한 도전, 우리는 거기에 현실을 직시해야 한다는 거예요. 그러니 이제는 제가 한 이야기를 듣고는 신비감에 빠지는 것과 같은 매력을 느끼지는 마세요. 옛날에 세상을 알아가면서 그저 웃었던 웃음들은 단군신화처럼, 우리에게는 주옥같은 향수를 남기지만, 그것은 우리가 현실성을 알아가기 전에 세상이 주는 선물이니까요."

"저는 현실성을 알아가는 것이 너무 두려웠어요."

나는 참았던 눈물을 흘리며 나의 순수성을 잃어버린 것에 대해서 절망했던 것이었다. 이제는 그 모든 것들을 나 스스로 받아들이며 참아내야 한다는 지고의 인내를 감당해야 한다는 것을 이제는 두 번 다시 순수해질 수 없을 거라는 생각 때문이었다.

"알고 있어요. 그래서 저를 만난 거니까요."

"때로는 목도의 기운이 너무나 저를 혼란스럽게 해요. 그리고 목도의 기운은 저를 현실적으로 변하게 하면서 힘들게 했어요. 사람들의 이기심, 그리고 질투, 집착도 보이지만, 저의 순수한 어린 시절마저도 그 향수마저도 침범하여 저를 괴롭혔어요."

"알아요. 현실적으로 나아가기 전에 저를 만나면서 무엇을 말하고 싶었던 것인지, 그것은 우리가 처음으로 태어났을 때 그리고 어른이 되기만 하면 얼마든지 행복할 수 있을 것이라는 어린아이의 소망과도 같았다는 것을요. 그때에도 항상 저를 만나고 기억했었던 것을요."

"네, 한데 갑자기 안 보이기 시작했다가 갑자기 왜 이제야 나타난 거죠?"

"순수성에서 현실성으로 가는 것을 진심으로 아파하고 견딜 수 없는 사람이라는 것을 보았어요. 그 마음이 저를 만나게 한 거니까요. 저는 대부분의 사람들이 현실적인 분별을 이루어가면서 저를 잊게 되지만, 순수함을 기억하면서 현실성으로 가야만 하는 것을 아파하는 사람들은 저를 만날 수 있어요."

"이제는 저도 현실성으로 가는 길을 주저 하지 않을 거예요."

"네, 저도 그럴 거라고 믿어요. 수수께끼란 항상 맞추고 나면 허탈하고, 맞추기 전에는 답이 뭐였는지 궁금하면서 견딜 수가 없는 법인데, 수수께끼의 답을 알고자 하는 절박함이란 항상 어린아이

때 품고 싶었던 세상을 알고자 하는 소망과도 같기에, 그것은 어른이 되어서도 같은 감정으로 남아 있는 그런 놀이였어요.

인간이란 어른이 되면서 순수성을 잃어버린다고 생각하지만, 그렇지가 않아요. 순수성은 항상 우리에게 있어요. 우리가 세상을 알고자 하는 호기심은 너무나 세상이 아름답다고 생각한 것이었어요. 그러나 실제로 세상은 너무나 아름답지만은 않다는 것을 알게 되지요. 세상에 있다 보면 현실적인 분별력이 생기거든요. 그 현실적인 분별을 해나가면서 우리는 순수성을 잃어버린다고 생각해요. 그러나 그것은 잘못된 생각이에요. 순수성은 항상 우리에게 남아 있어요.

우리는 욕망하게 되고, 욕망 후에는 공허함과 마주하게 돼요. 공허함을 마주하기 싫어서 집착하게 되는 거예요. 그런데, 배움이란 것은 모름지기, 처음부터 우리에게 공허함을 알려주었어요. 우리가 처음에 단어를 익힐 때의 배움은 웃음으로 가득하고 천진난만했었지요. 그 후에 어떤 단어를 보더라도 식상해지고 웃음이 나오지 않았어요. 그때의 시간들은 세상이 우리에게 준 선물과도 같았다고 생각하면 되는 거예요. 세상을 보더라도 세상은 너무나 아름다울 거라는 생각만을 하고 있었을 테니까요. 그리고 우리는 더욱더 높은 차원의 배움으로 나아가는 거예요. 그때 시작되는 것은 공허함이지요. 공허함과 익숙해지는 것을 이미 배움에서 알고 있

었어요. 배움은 우리에게 공허함에 익숙해지면서 자신을 반성할
수 있게 해주면서 순수한 자기 자신을 발견하게 해줄 거예요. 사랑
도 이런 거라는 거예요. 물론 사랑이란, 마음이 더욱 강한 역동성
을 지니고 있지만, 우리는 그런 강한 역동성에서도 공허함을 만나
게 돼도, 그 공허함에도 익숙해지면서 자신의 반성과 함께 사랑에
대해서 깊이 있게 생각해 봐야 한다는 거예요. 그러면 우리는 사
람을 더욱 소중하게 생각하는 법을 알게 될 거예요. 삶이란 항상
공허함의 연속이지요. 거기에서 순수함으로 움직이는 자기 자신을
발견하지 못하면 위로를 받는다고 해도 만족하지 못할 거예요. 수
학에 있는 집합을 보면 항상 공집합이라는 것이 있어요. 저는 그것
이 인간의 순수함이라고 생각해요. 순수함이 있기에 우리는 서로
를 이해하며 소통할 수 있는 것이죠. 우리는 때론 순수한 욕망이
정념으로 변질되어 스스로 집착이라는 곳에까지 가서 자기 자신
을 망치고는 해요. 순수한 욕망이라고 착각하여 자신에게 가치가
된다고 여기는 것을 소유하려고 집착하죠. 그것은 자신의 정념을
강제적으로 남에게 투영하고 그것에 대한 자신만의 일방적인 행복
을 계속해서 보상받으려고 한 것이겠죠. 자신의 입장만 생각하고
상대방의 입장은 생각하지 않는다면 상대방도 힘들어하겠죠. 어떠
한 이유라도 상대방에게 집착한다면, 상대방에게 배려라는 마음의
여유, 즉 상대방을 배려함으로써 마음의 공간을 주는 것을 침해하

는 것이므로, 상대방은 싫어하겠죠. 이때, 우리는 순수한 욕망을 자신만의 이기심, 자신만의 행복으로써의 즐거움의 수단으로써만 사용해서는 안 돼요. 집착은 상대방을 배려한다는 섬세함으로 상대방의 마음을 존중해 주려는 마음으로서 극복하려고 해야 해요. 그것은 끓어오르는 욕망을 중용의 길로 걷게 해주면서 순수성의 진정한 가치를 터득하게 되는 길이 될 거예요. 끓어오르는 정념으로 가득 채운 욕망이 낳은 광기로 순수성의 진정한 가치를 희생시켜 잘못된 길로 가면 안 돼요.

우리가 유아였을 때, 부모님이 위험하다고 하지 말라는 일을 계속하겠다고 떼를 쓰는 마음이 있었어요. 그것은 집착과도 같은 것이었죠. 자신이 하고 싶은 대로 하는 것이 자신의 순수성을 보존하는 것이라고 여길 테니까요. 어른이 되어서도 유아였을 때의 떼를 쓰고 싶은 마음이 남아 있어서는 안 되겠죠. 그리고, 어른이 되어가면서 현실적인 분별성을 이룰 때에도 우리에게 순수성은 언제나 살아있어요. 세상을 너무나 아름답다고 생각하는 것은 단지 어릴 때 세상에 대해 알고자 하는 호기심이 세상이 너무 아름답다고 생각한 마음이었을 뿐이었다는 것을요. 우리에게 순수성이 없어진 것이 아니라는 거예요. 순수성을 항상 마음속 깊이 생각할 수 있을 테니까요. 이제, 당신은 현실적으로 성찰하면서도 마음속에 순수성이 항상 내재 되어 있다는 것을 알 수 있을 거예요. 그 순수성은 자신을 자기 자신으로 만들게 이끌어 줄 거예요. 사람들은 그래도 선을 이루면서 살려고 노력해요. 모든 사람들이 다 집착을 한다면, 사회가 어떻게 되겠어요. 그래도 나름대로 질서를 이루면서 살아가겠고, 거기에 근본에는 순수성이 있다는 것을요. 그리고 목도의 기운으로도 공허함에서도 자기 반성을 느끼며 순수성으로 살아가는 사람들을 발견하면서, 순수성이 자기 자신이 되어가려는 성질과 함께, 그래도 세상은 선을 향해 나아간다는 것을 느낄 거예요. 그러면 제 얘기가 순수한 마음을 잊지 않고 사는 법을 알려준 것이었다고 생각할게요."

너무나 강한 빛이 나를 덮쳐 와서 나는 눈을 제대로 뜨지 못했다. 순간적인 시간이었지만, 그녀는 뒤를 돌아서 걸어갔고, 그녀는 나를 애처롭게 쳐다보았다, 마치 이제는 두 번 다시 만나지 못할 것처럼 말이다.

"잠시만요. 잠시만 기다려주세요. 이제 이렇게 가는 건가요? 하나만 물어볼게요. 제발요. 선이란, 결국에, 우리가 목도의 기운으로 발견하는 모든 것들이 '좋음'으로 가는 힘을 알려 줄 수 있게 도와줄 것이고 그것은 사람들을 이롭게 하기 위해서 그리고 자기 자신이 되기 위해서라는 말도 되는 건가요?"

나는 그녀의 옷소매를 붙잡고 물었다.

"네, 맞아요. 자, 이제 헤어질 시간이에요."

그녀의 미소는 진한 향기를 남기면서, 내가 보는 앞에서 그녀는 빛이 되어 사라졌다.

"안 돼요! 이렇게 떠나면 안 돼요!"

나는 꿈에서 깨어났다.

"여보, 자다가 무슨 소리야?"

"한 여자를 만났어."

"무슨 소리야. 나를 두고서는."

"아니야. 아니라고."

"당신 바람 피운 건 아니지?"

"아니야, 이건, 기적이야. 이건 분명 엄청난 기적이라고!"

"당신, 지금이 대체 몇 시인지나 알아? 오늘 얼마나 일찍 잠을 청했는지 알고는 있는 거지? 당신이랑 살면서 미친 소리를 듣는 것도 한두 번도 아니지만, 이제는 나도 좀 미치겠어. 당신이 무슨 바람이나 피울 사람처럼 생각되지는 않지만, 제발 정신 좀 차리라고!"

"아니라니까, 잠깐만 나 좀 밖에 나갔다 올게!"

"대체 이 시간에 어딜 간다는 거야?"

나는 옷을 입고서는 무작정 밖으로 나왔다. 밤하늘의 별은 참 아름다웠다. 아내의 '미친 소리'라는 말을 들으며 나는 나름대로 웃음을 지으며 밤하늘의 별을 처다보았다.

보편성, 그것은 우리에게 소통의 원활함을 위해서 필요하다. 우리가 직관적으로 볼 수 있는 것은 우리에게 순수한 욕망이 있기 때문이다. 언어의 보편성에서 보다 더 자세히 말하고 싶은 순수한 욕망, 예를 들어, 우리가 어떤 음악을 듣거나 그림을 본다거나 혹은 지금 산책을 하면서 느끼는 모든 것들을 언어로 표현하지만, 그것은 우리의 감정을 완전히 반영하지는 못한 것이다. 그저, 우리의 이성이 이 단어가 이 감정과 비슷하겠지 라고 생각하면서 말하게 시켰고, 또 우리는 그렇게 언어에 강제적으로 친숙해져야만 했다.

그것은, 우리가 무언가를 애써서 말하려고 시도하면서 입으로 어떤 언어를 사용하여 말해야 할까 고민하는 상태는 아무런 경계가 없는 무한에 가깝다는 말과도 같다. 그러나, 우리가 언어로 환원하여 입으로 말하려는 언어를 내뱉는 순간 분명한 경계가 형성되고 유한해지는 것이다. 언어는 우리가 표현하고 싶은 모든 무한한 상태를 유한해지게 만들어 버린다. 그래서, 우리는 항상 언어에 대해서 경멸감을 가지고 있다.

결국에, 언어의 보편성에서 보다 더 자세히 말하고 싶은 순수한 욕망이 언어에 대한 경멸감을 초래하게 되는데, 그것으로 인해 우리는 "목도의 기운-직관"의 힘을 사용할 수 있었던 것이다. "목도의 기운"그것은 우리가 현실적으로 성장할 수 있는 힘을 준다. 그것은 질투로부터 존재하고 있다는 것을 알 수 있으며 보편성에 대항

하면서 조금씩 조금씩 우리에게 그 힘이 있다는 것을 알려준다. 우리는 최대한 우리의 순수성이 기억될 수 있도록 노력하면서 그 힘을 사용하여야 한다. 그리고 질투로 인해서 마음을 다스리는 법을 알아가야 하며, 집착 또한 마찬가지일 것이다. 공허함이 주는 반성에 대해서 삶을 진정성 있는 태도로 진지하게 마주한다면, 그러니까 우리도 자연의 세계에서 공허함이라는 순리에 적응하면서도 자기 반성에 대해서 진정으로 느끼고 깨닫는다면, 집착에 의해 자신을 망치고 상대방을 해치는 일도 없을 것 같다. 그러나 공허함이 주는 삶에 대한 진정성을 찾기보다도 과학이 주는 쾌락과 자극에 친숙해져 있어서 공허함을 피하고 무섭다고 여기고 있다. 그것이 더욱 무서운 집착을 만들고 있는 것이다. 우리는 그런 상황들을 벗어나서 깊이 있게 뒤를 돌아보고 자신의 성찰을 고려해야 한다. 그리고 남을 배려하고 존중하는 마음으로 상대방을 대함으로써, 상대방도 마음에 공간을 확보할 수 있는 여유를 남겨주어야 한다. 그것이 내가 상대방을 집착하지 않는 것이고, 상대방의 입장을 고려하는 것이며, 상대방도 나를 편안하게 생각하는 것이 될 것이다.

어쩌면, 나만의 만족을 위해서 나의 욕심을 위해서 세상은 아름다워야 한다고 생각한 것 같다. 그러나, 세상은 있는 그대로 받아들여야 한다. 그것이 아무리 현실적인 분별성이라고 해도, 그것이

세상에 대한 진정한 수용이다. 단지, 욕심과 수용의 차이일 뿐이
지. 인간의 순수성은 사라진 것이 아니라, 원래부터 순수성은 항상
있었던 것이다. 세상에 대한 진정한 수용으로 성찰한다면, 질투와
집착으로 인해 소중한 인연이 잘못되는 일들도 없을 것이다. 우리
는 욕심에서 수용으로 가는 길에 큰 고난을 겪고 있으며, 여기에
서 사람들과의 문제가 많이 생기는 것 같다. 이 부분을 항상 염두
에 두어 삶을 소중하게 생각하여야 한다. 예를 들어보면, 물과 불
이 있다. 물은 물대로 아름다움이 있고, 불은 불대로의 아름다움
이 있다. 시냇물의 물이나 바닷가의 물을 보면서 우리는 아름답다
고 생각한다. 캠프파이어에서의 불이나 장식용 촛불의 불을 보고
도 아름답다고 생각한다. 그러나 우리는 물과 불을 합쳐야 한다고
생각하는 마음이 있는 것이다. 그것은 나만의 만족을 뜻하게 된
다. 세상이 준 '물'과 '불'의 아름다움을 합쳐서 더욱 큰 아름다움을
느끼려고 한다는 것이다. 그러나 그것은 집착이 될 수밖에 없다.
애초부터 물과 불은 성질상 합성될 수 없다. 물은 물대로의 아름
다움을 수용하고 흘려보내야 하며, 불은 불대로의 아름다움을 수
용하며 타오르는 것을 지켜봐야 한다. 그리고 그것에 맞게 현실적
으로 분별해야 한다는 것이다. 그것이 욕심과 수용의 차이라는 것
이다.

그리고 우리의 삶에 보편성과 자신의 직관에 대해서 깊이 있게

생각해 볼 필요가 있다. 직관은 항상 '좋음'과 연결되어 있다는 것을 기억해야 할 것이다.

끓어오르는 욕망에서 중용을 지키고, 공허함에서 반성하는 삶의 태도를 되돌아본다면, 순수함의 진정한 가치는 내가 목도의 기운을 최대한 사용할 수 있는 궁극적인 힘이 될 것이라고 생각한다.

"여보, 거기 창가에서 뭐 하고 있어?"

아내가 밖으로 나와서 나를 불렀다.

"어제 방안으로 가져온 꿀물 한 잔, 당신이 나 준 거였잖아."

"그랬지. 근데 꿀물은 왜?"

"나 힘들다고 꿀물 타 준 거지?"

"힘들어 하는 것 같아서, 꿀물 한 잔 하라고 가져왔어."

"우리 같이 그제 본 시 있잖아. 목도의 기운이라는 시 말이야.

목도의 기운

초원에서 꿈을 향해 달리는 우리에게
양은 고요함에서 푸근함을 선물할 거예요.
순수한 욕망은 골짜기의 샘물보다도 달아서
환상에서 무엇이든 만들어내지요.
시간이여, 절대로 달리지 않겠다고 맹세해 주세요.

눈은 언제나 진실을 추구하기에
대지의 속삭임은
바다의 파도에 의해 항상 잠잠해진답니다.
집착은 배려의 섬세함으로
전진하는 자신만의 이기적인 행복을 비워낼 거예요.

순수성의 진정한 힘은 섬광의 울림처럼
짙은 안개를 뚫고 나와
거룩한 선의 영광이 되어
태초부터 우리에게 있었던 직관을 알려주고
새로운 영혼으로 걸어갈 수 있도록 길을 인도하지요.

이 시가 무엇을 의미하는지 몰랐는데, 이제는 알 것 같아"

"응, 나도 그때는 몰랐는데 지금 당신의 눈을 보니까 알 것 같아."

"나의 눈에서 말이지?"

"응, 지금 당신의 눈에서 너무나 또렷하게 보여."

"나, 어렸을 때 당신을 보았어. 어릴 때도 당신은 지금처럼 예뻤어. 질투하는 사람들도 꽤나 많이 있던데…"

"무슨 소리야?"

"꿈에서 당신을 보았어. 그리고 지금은 당신이 너무 잘 보여."

"진모야! 예전에, 우리같이 이준수를 유성철로 보았잖아."

"알아, 그랬지. 근데, 지금은 당신이 나를 얼마나 사랑하는지가 너무 자세히 보여."

"그걸 이제 알았어?"

"지은아, 나 당신을 너무나 너무 많이 사랑해!"

"지금까지 목도의 기운을 읽어주서서 감사합니다."

우리의 주인공 송진모와 강지은의 이야기
"어리석은 사람들"과 "목도의 기운"이
옳음으로 나아가는 데 더욱 확고한 마음으로
지혜로운 영혼의 고백을 이루시기를 바랍니다.